愛に怯えて

ヘレン・ビアンチン 作

ハーレクイン・プレゼンツ 作家シリーズ 別冊
東京・ロンドン・トロント・パリ・ニューヨーク・アムステルダム
ハンブルク・ストックホルム・ミラノ・シドニー・マドリッド・ワルシャワ
ブダペスト・リオデジャネイロ・ルクセンブルク・フリブール・ムンバイ

AN IDEAL MARRIAGE?

by Helen Bianchin

Published by Harlequin Japan, a Division of K.K. HarperCollins Japan, 2024

ヘレン・ビアンチン

ニュージーランド生まれ。想像力豊かな、読書を愛する子供だった。秘書学校を卒業後、友人と船で対岸のオーストラリアに渡り、働いてためたお金で車を買って大陸横断の旅をした。その旅先でイタリア人男性と知り合い結婚。もっとも尊敬する作家はノーラ・ロバーツだという。

1

ギャビーはブレーキを踏んだ。シドニー郊外のエリザベス・ベイに向かうニュー・サウス・ヘッド道路に出る交差点が渋滞しているのだ。手でハンドルをいらだたしげに叩《たた》きながら腕時計に目を落としたギャビーは、かすかに眉を曇らせた。

ディナーに招待してあるゲストを迎えるまでの一時間でシャワーを使い、髪をシャンプーし、ブローセットしてメイクアップを施し、身支度を整えなくてはならない。交通渋滞で十分損をすることなど、予定に入れていない。

ギャビーはマニキュアをした長い爪に目をやった。このためにランチの時間を犠牲にしなくてはならなかった。昼過ぎに食べたりんごだけでは、ランチの代わりにはならない。

前の車が動きだし、ギャビーもあとに従ったが、スピードを出し始めたときに信号が変わり、仕方なくブレーキを踏んだ。

このぶんだと、交差点を抜けるまでに二、三回は停止しなくてはならない。

夕方の渋滞を避けるために、早めにオフィスを出るべきだった。けれども、彼女のこだわりがそれを拒否したのだ。

ジェイムズ・スタントンの娘であるギャビーは、仕事をする必要などなかった。不動産、相当な額の有価証券と種々の配当金を考慮すると、ギャビー個人としても、シドニーの裕福な若い女性のトップクラスにいた。

ベネディクト・ニコルスの妻でもある彼女は、スタントン・ニコルス社のアシスタント・マネージメント・コンサルタントという肩書きを持ってはいるが、せいぜい縁故で採用されたと思われているにすぎない。

ギャビーは必要以上に力をこめてギアをドライブに入れ、性能のいいベンツのエンジンの音を一瞬でも楽しもうとしたが、車はのろのろと少し進んだだけですぐにとまった。

車の電話が鳴り、彼女は無意識に手を伸ばした。

「ゲイブリエル」

ギャビーを絶対に愛称で呼ばない人間が一人だけいる。「モニーク」

「まだ車の中なの？」

「渋滞に巻き込まれちゃったの」ギャビーは継母が電話をかけてきた理由を考えた。モニークはただご機嫌うかがいに電話をしてくるような女性ではない。

「今日の午後、アナリースが来たの。あの娘《こ》もディナーに連れていったら迷惑かしら？」

良家の子女だけが入れる名門の寄宿学校で何年か過ごしているあいだに、すっかりエチケットが身についてしまっている。「とんでもない。大歓迎よ」

「ありがとう、ダーリン」

モニークは滑らかな声でそう言うと電話を切った。

結構じゃない。ギャビーは家の電話番号を押し、もう一人分席を用意するようにマリーに伝えた。

「突然で申し訳ないけど」ギャビーはマリーに謝って受話器を置いた。客が一人増えても何も問題はないわ。それにテーブルに十三人座ると縁起が悪いと考えるほど迷信深くもない。

車が流れ始める。目の奥のしこりが頭痛に進みそうな予感がする。

ギャビーの父親ジェイムズ・スタントンは十年前、娘が一人いる二十九歳の女性と再婚し、ギャビーも祝福した。モニークは社会的に父親と同じレベルの女性だし、模範的な奥さん役を務めている。ただ不幸なのは、モニークの愛情がジェイムズの娘にまでは注がれなかったことだ。多感な十五歳の少女だったギャビーは、継母の表面的な愛情に悩み続けたが、六カ月後に継母という立場の一般的な心理状態を友だちから説明されて、その悩みはふっきれた。

ギャビーはすべてに秀でようと決心した。すべての科目でAを取り、スポーツ大会で優勝した。そして大学の経済学部を優秀な成績で卒業した。語学も学んでいたのでパリに一年、続いて東京に一年留学したあとでシドニーに戻り、スタントン・ニコルス社と同じ業種の企業に勤めた。そこで経験を積んだあとに、スタントン・ニコルス社に応募して採用されたのだ。

過去をくどくど思い出すのは危険だわ。ギャビーのベンツはボークルーズ通りに入った。大きな枝を広げた並木が、高いコンクリートの壁に囲まれた高級住宅の並ぶ通りに、重々しい雰囲気を与えている。

数百メートル進んだところで車をとめ、ギャビーはリモコンを押した。飾りを施した鉄の二重扉が両側に開いていく。

緩くカーブした広いドライブウェイの奥に、地中海風の二階建ての豪華な家がある。表の道路から建物までの広大な敷地に、美しい庭園が続いている。

一九七〇年代の後半にコンラッド・ニコルスが四軒の邸宅を買い取ったあと、古い建物をすべて取り壊し、数百万ドルをかけて家を新築した。港を見渡すすばらしい景色が、この家をシドニーの不動産マーケットでトップクラスに位置づけている。

数年後、家はさらに百万ドルをかけて改装された。ベッドルームを増やし、ガレージは七台の車が入るよう広くし、キッチンを新しくした。屋根つきのテラスとバルコニーも加えられた。庭には噴水、中庭、観賞用の池が作られ、イギリスの影響を受けた、生け垣で囲まれた芝生の庭も作られた。

ガレージの自動ドアを開けて車を中に進めながら、ギャビーはコンラッドとディアンドラ・ニコルスが ハイウェイで巻き込まれてしまった交通事故を思い出していた。庭造りの仕上げが終わった数週間後に亡くなってしまったなんて、本当に悲劇だわ。けれども、コンラッドは十年かけても成しえなかったことを、死によって実現した。アメリカにいた息子がオーストラリアに戻り、スタントン・ニコルス社の共同経営権を引き継いだのだ。

ギャビーはベネディクトのジャガーXJ二二〇の滑らかな車体と、落ち着いた感じの黒のベントレーのあいだにベンツをとめた。ベネディクトが通勤に使っている四輪駆動の高級車は、まだ戻っていない。かちっという音がして、ガレージのドアが下り始めた。ギャビーは助手席に置いてあったブリーフケースを取って車から降り、ガレージの横のドアの前に進んでセキュリティー・システムの暗証番号を押し、家の中に入った。

家というより屋敷と言うべきだわ。ギャビーはインターホンを取り、キッチンを呼び出した。「ただいま、マリー。準備はできてる?」

ニコルス家に二十年勤めている家政婦は小さく笑いながら落ち着いて答えた。「何も問題はありませんよ」

「ありがとう」ギャビーは広い玄関ホールを横切り、二階に上がるらせん階段に向かった。

マリーは自分で作った料理の最後の仕上げをしているに違いない。マリーの夫のサーグはベネディクトが選んでおいたワインの温度をチェックし、必要に応じて来てもらっている手伝いのソフィーはダイニングルームの点検をしていることだろう。

ギャビーは四十五分後、サーグが最初のお客を玄関で出迎え、居間に案内してきたときに、完璧《かんぺき》に身繕いをした姿を現すだけでいいのだ。

もう四十五分も残っていない。ギャビーは階段をかけ上がった。

ベネディクトの母親の好みで、緑がかった薄青色の分厚いカーペットが敷かれ、アンティーク調のマホガニーの家具を引き立たせるために、壁には淡い色の壁紙が張られている。壁紙やカーペットがカーテンやベッドカバーの色をうまく調和させ、各部屋が少しずつ違った雰囲気に仕上がっている。

メインスイートは建物の東側に位置し、ガラスドアで区切られているバルコニーからは、港が見渡せる。昼間は雄大な景色が、夜にはきらきら輝く夜景に変わる。

ギャビーは靴を脱ぎ捨て、アクセサリーを外した。それからベッドルームに続いている、ベッドルームと変わらないほど広い大理石張りのバスルームに向かいながら服を脱いだ。

淡い金色の筋の入った大理石のバスルームには、通常の設備のほかに大きなジャグジーと、シャワーが二つある。

十分後、ギャビーはほっそりした体にバスタオルを巻き、髪にタオルをターバン風に巻いてベッドルームに戻ってきた。

「滑り込みセーフのようだね、ギャビー?」ジャケットを脱ぎ、ネクタイを緩めているベネディクトが少しアクセントのある口調でからかうように言った。

三十代後半のベネディクトは長身で筋肉質の引き締まった体をしている。彫りの深いはっきりした顔立ちは、母方にスペイン系の血が混じっていることを表している。ほとんど黒に近い瞳は鋭く、男性に対して決して揺らぐことはなく、女性に対してもその視線が和らぐことは珍しい。

「ただいまの挨拶《あいさつ》がなかったじゃない?」ギャビーは部屋を横切って奥のチェストへと進んだ。急いでショーツとブラを取り出して身につけ、シルクのスリップに体を滑り込ませる。

「そのあとのキスもなかったって?」ベネディクトはからかうように言いながらシャツを脱ぎ、ズボンのファスナーを下げた。

ギャビーは心臓の鼓動が速くなった。最初は胃のあたりに感じていた緊張感が、体中の神経に伝わっていき、体の隅々まで目覚めさせていく。

男らしさがみなぎっているわ。ギャビーはシルクのローブを取って腕を通し、バスルームに戻った。頭に巻いたタオルを外し、ドライヤーをかけ始める。

バスルームに入ってきたベネディクトがシャワーブースへ歩いていく。思わずギャビーはそちらに注意を引かれてしまった。鏡張りの壁に、ベネディクトの裸体が映っている。筋肉を覆うオリーブ色の肌、胸からウエストの下まで逆三角形の形に続いている黒い胸毛、引き締まったヒップ、そしてたくましい背中。ギャビーはすべてを無視しようと決心した。

お湯を出そうと手を伸ばしたベネディクトの肩にギャビーの視線が向けられると、すぐに彼の背後でガラスドアが閉じられた。

ギャビーは必要以上にブラシを持つ手に力をこめた。不意に目の奥が痛んだ。

結婚して一年二カ月と三週間がたつというのに、ギャビーはベッドの中と外を問わず、ベネディクトの男性的な魅力に反応してしまうのだ。

頭皮に痛みを覚え、ギャビーはブラシを持つ手を緩めてドライヤーのスイッチを切った。まだ湿り気が残っているせいで少し濃く見えるアッシュブロンドの髪が、滑らかなクリーム色の肌と深いブルーの瞳を強調している。

ギャビーは慣れた手つきで長い髪をシニヨンにまとめてピンで留め、メイクアップを始めた。

数分後、シャワーの止まる音がした。ギャビーはアイシャドーの色をブレンドすることに神経を集中し、大理石の洗面台に歩み寄って髭《ひげ》をそり始めたベネディクトを努めて無視した。

「いやなことでもあったのかい？」

ギャビーは一瞬手を止めたが、アイシャドーのパレットを置いてマスカラを手にした。「どうしてそんなことをきくの？」

「君の目を見ればすぐわかる」ベネディクトは顎を撫《な》でながらギャビーを見た。

ギャビーは鏡の中のベネディクトの視線をとらえた。「アナリースが急にディナーに来ることになったの」

ベネディクトは電気シェーバーのスイッチを切り、高級ブランドのコロンのクリスタルボトルを手に取った。「それが気に入らないのかい？」

ギャビーは故意にふざけた口調で答えた。「私は自分の感情を抑えることができてよ」

ベネディクトは皮肉っぽく、片方の眉を上げた。

「デザートをはさんで、お互いに言葉の剣を振り回すのかい？」

執念深いアナリースが、今晩だけおとなしくしているとは思えない。「どんな挑戦も、うまくはぐらかすよう努力するわ」

ベネディクトはギャビーのほっそりした体に注いだ視線を、ちょっと考え込んだ表情をしている上品にメイクアップされた顔に戻した。「闘いに勝つために、理性を失わないようにするということ？」

「あなたは誰かに負けたことがあるの、ベネディクト？」ギャビーは明るい口調で尋ねた。マスカラのふたをして化粧品の引き出しにしまい、唇に淡いピンクの口紅をつける。

ベネディクトは答えなかった。彼と同年輩の人間から恐れられると同時に尊敬され、ばかにされることなどめったにないことを、わざわざ力説する必要はないのだ。

僕の背中を見ればわかるだろう、ということね。

ギャビーはドアのほうを振り向いた。数分後、彼女は黒のシルクでできた細身のロングスカートをはき、やはり黒のシンプルなスクープネックのブラウスを身につけた。これにピンヒールのイブニングサンダルをはけば完璧だ。ギャビーは涙型のダイヤのネックレスと、おそろいのダイヤのピアスをつけた。そしてダイヤを埋め込んだ細いブレスレットをはめ、鏡に映る自分の姿をさっとチェックした。最後に、お気に入りのカルティエの香水をつけて出来上がり。

「用意はできたかい？」

ベネディクトの声のするほうを向くと、ギャビーは彼の姿を見て息をのんだ。

野性的なたくましさをみなぎらせたベネディクトの体は、仕立てのいい服を着ても隠すことができない。冷酷で動物的な力強さが、どんな年代の女性の心も引きつけてしまう。

永遠とも思える数秒のあいだ、ギャビーはベネディクトの目を見つめた。絶対に感情を表さない瞳の奥に、いったい何が隠されているのだろう？

ベネディクトのように、強い自制心が欲しい。どうすればこの人の理性を揺るがすことができるのかしら？

「ええ」ギャビーは落ち着いた声で答えた。そして明るい笑みを浮かべ、ベネディクトの先に立って部屋を出た。

緩やかなカーブを描いて玄関ホールに下りる階段は大理石でできていて、中央にカーペットが敷かれている。装飾を施した黒い鉄の小柱に支えられたマホガニーの手すりは、ぴかぴかに磨かれていた。

床から天井まであるガラスの壁を背にした階段はクリスタルのシャンデリアに照らされ、輝いて見える。

大理石の床が、玄関ホールに明るさと広々とした感じを与えている。壁はアイボリー色の布の壁紙で統一され、廊下には重厚なドアが並んでいる。壁のところどころに絵画が飾られ、地中海風のキャビネットが置かれている。

ギャビーが階段を下りて床に片足を下ろした瞬間、玄関のベルが鳴った。

「ショータイムの始まりよ」ギャビーはつぶやいた。東側の廊下から出てきたサーグが、二重になっている玄関のドアに足早に向かった。

ベネディクトの目つきが一瞬厳しくなった。「皮肉は、君には似合わない」

生来の自尊心が頭をもたげる。ギャビーはかすかに顎を突き出した。「お行儀よくするって約束するわ」ベネディクトに手を握られ、ギャビーは脈拍が速くなった。

「わかってるよ」ベネディクトの静かな声が追い討ちをかけた。ギャビーの肌にさっと鳥肌が立つ。

サーグが最初の客の到来を告げると、ベネディクトはすぐに挨拶した。

「チャールズ、アンドレア」彼はリラックスした笑みを浮かべた。「居間で飲み物を用意するよ」

そのあとの数分間でほとんどの客が到着し、ギャビーは笑みを絶やさず、ホステス役を務めながらモニークたちの到着を待った。

モニークは登場するタイミングが大切だと信じていて、最も効果的な印象を与えるよう綿密に計算している。失礼に当たるほど遅くなることはないが、許されるぎりぎりの時間を選ぶのだ。

そろそろ来るころだと思っていたとき、モニークたちの到着を告げるサーグの声が聞こえた。ギャビーは話をしていた客たちに断り、父親に挨拶するために歩み寄った。

「お父さん」ギャビーが父親の頰に軽くキスすると、ジェイムズは娘の肩を力強くつかんだ。モニークのほうを振り向くと、継母はギャビーの頬に見せかけだけのキスをしてみせた。「モニーク」モニークの横にいる若い美女の姿を認め、ギャビーは完璧な笑顔を作った。「アナリース、会えてうれしいわ」

ベネディクトがギャビーの横に立ち、彼女の腰の後ろに軽く手を当てた。不思議な安心感とともに彼の警告を感じる。

ベネディクトは少し抑揚をつけて、ギャビーと同じように挨拶した。彼女の父親には心をこめて、継母には魅力的な口調で、そしてアナリースには気軽な口調で。

笑みを返すモニークには非の打ちどころがなかった。だがアナリースは猫のように巧みに男性の気を引こうとする。結婚していようがいまいが関係なく、二十歳以上の男性なら誰でも虜《とりこ》にしてしまう技を磨いているのだ。

「ベネディクト」アナリースが多くの意味をこめているその一言を聞いただけで、ギャビーは不快感を覚えた。

ベネディクトの手に力がこめられる。ギャビーは笑顔で彼を見上げ、黒い瞳が伝えている警告を完全に無視した。

ディナーはうまくいった。最も味にうるさいグルメですら、味覚的にも視覚的にも完璧な料理と、それと一緒に供されたすばらしいワインの欠点を探し出すことは困難に違いない。

ベネディクトは生まれながらにホストとしての対応に優れている。記憶力がよいこともあいまって、さまざまなニュースや人物を話題にした会話で客を魅了した。男性はビジネスに関するベネディクトの意見を求め、女性からの人気をうらやましく思っていた。一方、女性のほうは彼の注意を引こうと懸命で、彼の妻としてのギャビーの地位を、自分のものにしたがっていた。

〝夢のカップル〟二人が結婚したとき、大衆紙はそう報道した。〝世紀の結婚式〟多数の女性誌はそう見出しをつけ、その印象を強調すべく、さまざまな写真で紙面を飾りたてた。

メディアは二人の結婚のロマンチックな面のみを報道したが、シドニーの、いやオーストラリア中の上流階級の人々は、このロマンスの隠された真実を知っていた。

ベネディクト・ニコルスとゲイブリエル・スタントンの結婚は、スタントン・ニコルス金融帝国の土台を強化し、次世代に引き継がせたいと願う、ジェイムズ・スタントンの巧みな工作によって実現したのだ。

ベネディクトが同意した理由ははっきりしている——スタントン・ニコルス社を自由に支配できる権利を得ることなのだ。しかも、飛び抜けて美しく若い女性に、後継者を産ませるというおまけつきで。

ギャビーは父親を喜ばせたいという気持で、この結婚を承知したが、ベネディクトの莫大《ばくだい》な財産を考えれば、ジェイムズ・スタントンの娘婿という経済的にも社会的にも恵まれた立場がそれほど最高の条件に思えないという現実も認識していた。

「居間でコーヒーでもどうですか？」

滑らかなベネディクトの声を合図に、ギャビーは上品な笑みを浮かべて立ち上がった。「もうマリーが準備してると思いますわ」

「すばらしいシェフだ」

「すてきなお食事だったわ」

それぞれの賞賛の言葉に、ギャビーはうなずいて答えた。「ありがとう。マリーに伝えておきます。きっと喜ぶでしょう」マリーには高い給料を払い、住む場所として離れの家を与えている価値が十分ある。そんな格別の条件に対する感謝の気持として、マリーはさらにすばらしい料理を作ってくれるのだ。

「食事のあいだ、おとなしかったじゃない、ダーリン」

ギャビーはモニークの静かな声のするほうを振り向いた。「そうだったかしら？」

「アナリースが気にしてると思うわ」モニークが悲しそうな笑みを浮かべたので、ギャビーはかすかに驚いた表情を見せた。

「気づかなくて申し訳なかったわ」ギャビーはすまなさそうに言った。「アナリースはとても楽しそうにしていたから」

モニークの瞳が潤む。お芝居だということを、ギャビーは知っていた。モニークは進むべき道を誤っていただろうに。女優になっていたら、きっと大成したに違いない。

「アナリースは、いつだってあなたをお姉さんと思っているのよ」

アナリースはギャビーを家族として考えてなどいなかった。けれども、ベネディクトはまったく違った範疇《はんちゅう》に入るようだ。

「それはうれしいわ」穏やかな声で言ったギャビーをモニークは鋭い視線で見た。二人はダイニングルームから居間に向かっているほかの客たちから少し遅れていたので、会話を聞かれる心配はなかった。

「あの娘は、あなたがとても好きなの」

そうかしら。ギャビーは常にライバルだと思われていた。アナリースはモニークの実の娘のことだけあって、完璧に体に磨きをかけ、美しく装い、香水のにおいをまき散らして、天職を楽しんでいるのだ。自分の望みの人を手に入れるまで、男性たちをからかい、じらし、追いかけっこを続けるのだ。

居間に入ったので、ギャビーはモニークに返事をしないですんだ。マリーからブラックコーヒーを受け取る。

ギャビーは故意に落ち着いた態度でカップを口に

運び、香りの高い濃いコーヒーを一口すすった。

「ごめんなさい。ちょっと父と話があるの」

最後のお客が辞したのは、すでに真夜中近かった。週日のパーティーの引ける時間としては、ちょうどいい時間だ。

ギャビーは玄関ホールから居間に向かいながら、ピンヒールのイブニングサンダルを脱ぎ捨てた。頭が重く、右のこめかみからうなじにかけて、ぴりぴりと痛みを感じる。

ソフィーがすでに、コーヒーカップとグラスの片付けはすませている。明日の朝には、マリーが居間をいつもの塵《ちり》一つない状態に戻しておいてくれているに違いない。

「パーティーは成功したようだ」

ベネディクトのゆっくりした口調が、この数時間じっと抑えておいた怒りをギャビーに思い出させた。

「もちろんでしょう」ギャビーはベネディクトを振り返りながら言った。

「終わってしまったパーティーについて、いろいろ議論したいようだね？」ベネディクトは穏やかな口調で言ったが、ギャビーは彼ののんびりした表情に、隠された緊張感を見て取った。

「そういうわけじゃないわ」

ベネディクトはちらっとギャビーの様子を観察した。「それなら、二階へ行ってベッドに入ったほうがいい」

ギャビーはかすかに首を傾け、落ち着いた様子でベネディクトの黒い瞳を見つめた。「そして、あなたをベッドに迎える準備をするの？」

ベネディクトの瞳に危険な光がきらりと宿って消えた。彼は豹《ひょう》のように素早く、そして優雅に、ギャビーとのあいだの距離を縮めた。

「ベッドに迎えるって？」

近づきすぎている。長身でたくましい体が、脅迫するようにギャビーの領域に侵入してきた。さわやかな男性の香りと高級ブランドのコロンの香りが一緒になり、ギャビーの防御を崩し、女の本能の中心に攻撃を進めてくる。

ベネディクトはギャビーに触れる必要すらなかった。その事実を彼が知っていると思うと、ギャビーはうんざりしてしまった。

「あなたの性的欲求って……」ギャビーは間を置いて続けた。「衰えることがないのね」透き通ったサファイア色の瞳が、かすかに輝きを増す。

ベネディクトがギャビーの顎を軽く持ち上げた。ギャビーは彼の目を直視するしかなかった。「断るのは女性の特権だよ」

ギャビーはベネディクトを見つめた。両目のわきに細かい皺《しわ》が広がり、唇はセクシーで、きりっと引き締まっている。

この唇が自分の唇を奪い、喜びを目覚めさせていくのだと考えただけで、ギャビーは体の芯《しん》が疼《うず》いた。

「そうやって男性は、ずるいやり方で説得するんだわ」ギャビーは不本意にも、小さく息をのんだ。ベネディクトの親指が彼女の顎の線をなぞり、脈打っている首の血管に沿って下降していく。ベネディクトは首を抱くようにして、シニヨンに差したピンを抜いていった。

ピンがカーペットに落ちる。ベネディクトは手で金髪をとかし、顔を近づけた。ギャビーは目を閉じた。こめかみに軽く触れていたベネディクトの唇が彼女の唇に移動し、我慢しようとしても震えてしまう柔らかな唇を、からかうようになぞっている。

今、止めるべきだ。そして訴えなくては。疲れてしまったわ、まだ頭痛が続いてるの……。愛し合ったあとで気持の整理をするのがいやだと言うべきだ。喜びを感じたあと、肉体的な快楽は愛の代用品にはなりえないと認識するのは虚《むな》しい。

ベネディクトの体が、さらに強く押しつけられる。彼の欲望が高まっている証拠を、ギャビーは必死で無視しようとした。けれども、ベネディクトのキスは最初は優しく、次第に激しさを増しながら、彼女の降伏を迫ってくる。

ベネディクトの手が太腿の上を下降していってもギャビーは気にしなかった。彼の両手が腰を抱くようにして彼女の体を抱え上げても、まったく気にしなかった。

ギャビーはベネディクトの腰に両脚を回し、首に手を絡ませた。ギャビーを抱いた格好で階段を上がるベネディクトの体の動きが、不思議な喜びを感じさせる。

ギャビーの体には火がついていた。彼の素肌を感じたい。ギャビーはもどかしげに彼のネクタイを外し、シャツのボタンを外そうとした。引き締まった胸を覆っている、滑らかなカーリーヘアーに触れるまでは満足できない。

ギャビーの唇はベネディクトの首を滑り、喉元から鎖骨につながる線をなぞった。

それでもまだギャビーは床に立っていた。ギャビーの服もベネディクトの服も脱ぎ捨てられ、二人の触れ合いを妨げる物は何もない。ベネディクトにベッドに倒され、ギャビーは小さいうめき声をあげた。

すでに動きは激しいものに変わっていた。プロローグはいらない。あとになって、好きなだけ時間をかければいいのだから。

ベネディクトの低くかすれた笑い声を聞いて、ギャビーは頬を染めた。無意識に声を発している自分に気づき、ギャビーはさらに頬を赤らめた。

ベネディクトは彼を迎え入れようとしているギャビーの表情を見つめながら、深く体を沈めていった。ギャビーは表情を変化させながら体をのけぞらせ、小さく声をあげた。

永遠とも思えるほど長いあいだ、ベネディクトは静止していた。体の奥に彼の張りつめた欲望を感じる。ベネディクトはゆっくり体を引き、そしてさらに深く体を沈めた。その動きが繰り返され、ギャビーの欲望はあおりたてられた。

ゆっくりと時間をかけたエピローグに入る。ベネディクトの巧みな愛撫《あいぶ》とセクシーな唇が、ギャビーを我慢できないところまで追いつめた。頂点に上りつめたとき、ギャビーは自分をこんな目にあわせているベネディクトを愛しているのか憎んでいるのか、はっきりわからなかった。

すばらしいセックス。とてもすばらしいセックス。ただ、それだけだ。ギャビーは眠りに落ちていきながら、虚しい思いをかみしめていた。

2

「二番にボーゲルからお電話です」

ギャビーのオフィスは、町の中心部にあるビルの中でも、傑作と言われているビルの上階のほうにあり、スモークガラスの向こうには雄大な景色が広がっている。

気持のいい夏の朝だった。空は青く晴れ渡り、太陽の光線が、港の海面をきらきら輝かせている。町のターミナルから出ているマンリー行きのフェリーが、滑るように進んでいる。そして大小さまざまなサイズのヨットやフェリーの姿が、静かに港に入ってきた巨大なタンカーの陰に隠れていくのが見えた。

なんとなく気の進まない思いでギャビーはデスク

に戻り、受話器を取り上げた。

五分後、ギャビーは受話器を置いた――傲慢《ごうまん》で女性差別主義の男性と言い争いなんかするものではないと確信して。

熱くて濃いコーヒーが飲みたい。ギャビーは立ち上がった。秘書に持ってきてもらうより、自分で取りに行こう。ファイルもいくつかチェックしなくてはならない。ギャビーは数冊のフォルダーを取り出し、デスクの上に置いた。

プライベート用の電話が鳴り、ギャビーは受話器に手を伸ばした。父かベネディクトに違いない。

「ギャビー」小さくささやくような声は、聞き間違えようもなかった。

「アナリース」気持が沈んでいく。

「ランチにでも行かない？」

誘いを引き延ばすのはよくない。ギャビーは日程表に目を走らせた。「一時なら大丈夫だわ」そしてオフィスの近くの高級レストランの名前をあげた。「あなたが予約しておいてくれる？　それとも私がしたほうがいいかしら？」

「あなたが予約して、ギャビー」アナリースは退屈そうな声で答えた。「エージェントとのミーティングがあるから、遅れるかもしれないわ」

「私は二時半までにオフィスに戻らなくちゃいけないの」

「それなら十分待っても私が来なかったら、先にオーダーしてちょうだい」

ギャビーは受話器を置き、秘書にレストランの予約を頼んだ。それからコーヒーを取りに行き、ランチに出かけるまで仕事に没頭した。

化粧室の鏡には、上品な女性の姿が映っている。デザイナーブランドの柔らかいクリーム色のスーツは、軽くて皺《しわ》にならないリネンの混紡で作られている。ジャケットの下に見えるのは、同じ色調のシルクのキャミソールだ。フレンチロールにした髪には手を加える必要はない。ギャビーはパウダーを軽くはたき、口紅をさっと塗った。これでいい。

十分後、ギャビーはレストランの入口で支配人に迎えられ、テーブルまで案内された。ミネラルウォーターを注文し、メニューに目を通してシーザーサラダとデザートにフレッシュ・フルーツを選んだ。

約束の時間に四十五分遅れて、高級な香水のにおいを漂わせながら、アナリースが姿を現した。滑らかな赤のシルクで仕立てたソフトなドレスが、いかにもモデルらしい細い体の線を際立たせている。アナリースは背が高く、脚が長い。巧みなメイクアップとボブカットの黒くて艶《つや》のある髪が、彼女のエキゾチックな顔立ちを強調している。

謝罪の言葉は何もない。アイスウォーターとガーデン・サラダ、そしてフレッシュ・フルーツを注文するアナリースを、ギャビーは見つめた。

「次のステージはいつなの？」ずるそうな笑みが赤い唇の端に浮かび、黒い瞳が光を帯びた。「私がいなくなるのが、そんなに待ち遠しいの？」

「礼儀正しく尋ねただけよ」ギャビーは皮肉っぽい口調で応じた。

「そのあとで、やっぱり礼儀正しく私の仕事について尋ねるはずだったの？」

アナリースがモデルとして成功していることは、よく知っている。彼女が世界的レベルのファッションショーに出ると、モニークは必ずギャビーに詳しい情報を伝えてくるのだ。

「ランチに誘ったのはあなたのほうよ」ギャビーはグラスを口に運んで一口すすり、それからテーブルに戻した。アナリースの視線をとらえているギャビーの目は落ち着いている。

アナリースが思いをめぐらせるように目を細めた。

「私たちは一度も仲よくなったことはないわ」

ギャビーと二人だけのときは、アナリースはずる賢い雌ぎつねのようなものだった。「あなたが必死で絆《きずな》を断ち切ってしまったのよ」

アナリースの片方の肩が軽く上げられた。「家族の中でも、私は中心にいたかったのよ、ダーリン。ナンバーワンにね」赤いマニキュアを塗った長い指が、グラスの縁をこつこつ叩《たた》いている。

ギャビーはメロンの最後の一切れにフォークを突き刺した。「回りくどい言い方はやめて、目的を説明してくれないかしら？」

アナリースの瞳が光った。「ママから聞いたけど、ジェイムズはあなたに早く約束を守ってほしいと焦っているそうよ」

「なんの約束？」

「スタントン・ニコルスの後継者を産むことよ」

ギャビーは落ち着いた態度で、フォークを皿に置いた。「あなたには関係ないことよ、アナリース」

「何か問題でもあるの、ダーリン？」アナリースは意地悪く尋ねた。

「あなたが関係ないことにしつこく首を突っ込んでくることぐらいが問題かしら」

「これは家族の問題だわ」アナリースは家族という言葉を強調して言った。

レストランにいるほかのお客に遠慮して、ギャビーはアイスウォーターのグラスをひっくり返してアナリースの膝に水をかけてやりたい衝動を抑えた。

「そうかしら？」言葉の争いのほうがまだいい。

「そんな個人的な問題を私に伝えるために、父があなたを使者に選んだなんて信じられないわ」

「私を信じられないのね？」

「ええ」勇敢に答えてしまった以上、高すぎるくらいの代償を払わなければならないだろうか？

「ダーリン」保護者のような言葉づかいには、愛情と反対の意味がこめられている。「実の娘と連れ子の違いは、養子縁組をしなくちゃいけないことだけなのよ」アナリースは故意に間を置いて続けた。「そうするよう、ママがジェイムズを説得するのは簡単だわ」

そんな姑息《こそく》な計画を聞いても、驚かないのはなぜだろう？「パパの意思ははっきりしてるわ。モニークは不動産と美術品、宝石、それからかなりの額の年金を相続し、スタントン・ニコルス社の持ち株は全部私が相続することになっているのよ」

細い眉の片方がアーチを描いた。「そんなことを私が知らないとでも思ってるの？」アナリースはフォークでサラダを口に運んだ。「私の言いたいことがわかっていないわね」

いや、わかっている。「ベネディクトね」

アナリースの瞳が欲深い光を帯びた。「賢いじゃない、ダーリン」

「彼の愛人になりたいのね」

アナリースの小さく笑う声がこわばっている。

「彼の奥さんになりたいのよ」

「望みが高すぎるわ」

「私は常にトップを狙《ねら》うの」

「ただ一つ問題があるわ。ベネディクトはもう人のご主人よ」

「別れさせるのはとても簡単だわ」

「自信たっぷりね」胸の中は怒りの炎が燃えさかっているのに、不思議と落ち着いてしゃべれる。

「裕福な男性は、パーティーの席では模範的なホステスを務め、ベッドルームでは娼婦《しょうふ》のような女性を求めているのよ」アナリースはマニキュアを塗った爪を眺めたあとで、ギャビーを見すえた。「あなたが情熱的だとは想像しにくいわね。それに、激しいことがお好みだということも」

ギャビーはまつげすら動かさずに言った。「私はのみ込みが早いの」

「そうかしら、ダーリン？　でも、あなたの言葉が信じられないんだけど」

ギャビーはウエイターに請求書を持ってこさせ、クレジットカードの伝票にサインした。そして立ち上がり、バッグのひもを肩にかけた。

「もう、こんなことはやめない？」

「ダーリン」アナリースは喉を鳴らすような声で言った。「今、シーズンの境目で暇なの。故郷以外にどこでのんびりすればいいというの？」瞳が満足げに光っている。「家族なんだから、できるだけ顔を合わせるべきだわ。私はパーティーが大好きなの」

「じゃあ、どんなパーティーにも顔を出すつもりなのね」ギャビーは軽く皮肉をこめて言った。

「もちろん」

これ以上、何も言いたくない。言い返したい言葉はあるが、どれも公衆の面前で口にするような上品な言葉ではなかった。

オフィスに戻るとメッセージが三件残されていた。ビジネスに関する二件を処理し、必要なメモをパソコンに打ち込んだあと、ギャビーはプライベート用の電話に歩み寄った。

ベネディクトが電話に出るのを待っているあいだ、ギャビーはなんとなく落ち着かなかった。

「はい、ニコルスです」

「外出中に電話をくれたみたいね」背もたれの高いレザーの椅子に座り、リラックスしている様子のベネディクトを想像する。

「ランチはどうだった？」

ギャビーは受話器を握っている手に力をこめた。

「なんでも知ってるのね」

「アナリースが君の番号を尋ねてきたんだ」ベネディクトは落ち着きはらった声で答えた。

ベネディクトと話をするためなら、なんでも口実に使うのね。ギャビーは心の中でアナリースをあざ笑った。

「僕の問いに答えてないよ」ベネディクトは皮肉っぽい口調で返事を迫った。

「ランチはおいしかったわ」ギャビーは深く息を吸った。「それをきくために電話してきたの？」

「いや、今晩は家で夕食をとらないと連絡するためだよ。台湾の取引先が不動産投資を考えていて、信用のおける業者を紹介してほしいと言ってきたんだ。食事でもしながら顔つなぎをしておかないと失礼だからね」

「そうね。じゃあ、先にやすむわ」

「眠っている君を起こすのが楽しみだ」ベネディクトはからかうように言うと、電話を切った。

ギャビーの背筋に震えが走った。彼の唇で、深い眠りから起こされたことが何度もある。ギャビーは本能的にベネディクトを受け入れ、細身の体の上を軽やかに動き回る彼の愛撫《あいぶ》に、喜んで身を任せるのだった。

ギャビーは意識して理性を取り戻すと受話器を置き、午後の仕事に取りかかった。

オフィスを出たときは五時半になっていた。市の中心部は道路がこんでいたが、ラッシュカッターズ・ベイまで来ると車は滑らかに流れ始め、ボークルーズ通りまでの道路はむしろすいていた。

日なたにいると蒸し暑い。かなり湿度が高いわ。ギャビーは車をガレージに入れ、家の中に入った。

冷たいドリンクを飲んで、プールを数往復泳げば今日の疲れもとれるかもしれない。ギャビーはジャケットを脱ぎ、キッチンに向かった。

サラダを作っていたマリーが、グラスを取って冷蔵庫に向かうギャビーを笑顔で見た。

「本当にサラダだけでいいんですか？」

ギャビーはアイスメーカーの氷をグラスに入れ、

アップルジュースをたっぷり注《つ》いだ。そして調理台の前に並んだスツールに浅く腰を下ろした。

「ええ」ギャビーは調理台に身を乗り出し、レタス、アボカド、ナッツ、とうがらしのサラダの上に飾られたマンゴーのスライスを一つつまんでため息をついた。「おいしいわ」

マリーが愛情のこもった目でギャビーを見た。

「デザートにはフレッシュ・フルーツとジェラートが用意してありますよ」

ギャビーは冷たいジュースを一気に喉へと流し込んだ。緊張感が次第にほぐれてくる。「水着に着替えて泳ぐことにするわ」プールを数往復泳いだあとは、三十分ほど日光浴をしよう。「今日はこれで終わりにしたら？　お皿を食器洗い機に入れるためにだけ残っている必要はないわ」

「ありがとうございます」マリーがうれしそうに言ったので、ギャビーはいたずらっぽい笑みを返した。

ギャビーが一人で夜を過ごすのは初めてではないし、これが最後というわけでもない。「もう引き上げていいわよ。また、明日の朝ね」

マリーはエプロンを外し、きれいにたたんだ。

「サーグも私も家にいますから、用事があったら呼んでください」

「そうするわ」ギャビーはマリーの気づかいがうれしかった。

ジュースを飲み終えたギャビーは二階へ行った。服を脱ぎ捨て、黒いビキニを身につける。いつもの習慣で化粧を落とすと、日焼け止めを塗り、カラフルなシルクのパレオを手にしてプールに向かった。

プライバシーを守るために、プールサイドの外側はスモークガラスで囲まれていた。タイル張りのプールサイドには、長椅子とクッションのついた椅子が置かれている。

ギャビーはパレオとタオルを近くの椅子の上に置

き、きらきら輝く水の中に飛び込んだ。数秒後に水面に浮かび出ると顔の水を払い、ゆっくりと泳ぎ始めた。そして、しばらく泳いだあとは水の上に仰向けに浮かび、誰にも邪魔されない静けさを満喫した。

こうやっていると、精神的にも肉体的にもリラックスできる。一日の苦労など、遠のいてしまう。アナリースとランチをともにしたことですら。

そう簡単にはいかないわ。アナリースの次の行動は読めている。シドニーの上流階級の人々が集まるパーティーに出席することだ。

スタントン・ニコルス社は多くの慈善事業を援助している。ベネディクトもそんな伝統を受け継いでいた。オフィスの中と同じように、外でもビジネスが成立することが多いのだ。

これから数週間、いろいろな場所でアナリースと顔を合わせるかと思うと憂鬱《ゆううつ》だ。モニークの思わせぶりな会話もうまく避けなければならない。

いやだわ。せっかくリラックスしていたのに。ギャビーは素早くうつぶせになるとプールの端まで泳ぎ、タイル張りのプールサイドに上がった。タオルを取り、体についた水滴を拭《ふ》き始める。

家の中で食事をしようか？　それともプールサイドにしようか？　ギャビーは後者を選び、サラダと冷たい水を持ってきて、近くのテーブルに置いた。

港の眺めがすばらしい。ギャビーはぼんやりと、夏時間を大いに利用しようと海に出ている無数の小型ヨットを眺めた。

食事が終わってもテレビを見る気にはなれない。ギャビーはコーヒーをいれ、分厚い雑誌を数冊抱えてプールサイドに戻った。きらびやかなオレンジの光を深いピンク色に変えながら、太陽が水平線の向こうに沈んでいく。そして夕暮れのかなたを染めていた淡い光が薄れ、あたりは闇《やみ》に包まれた。

リモコンを押すと水中の明かりがつき、プールをアクアブルーに浮き上がらせた。別のボタンを押すとプールサイドの照明がついた。ギャビーは体を伸ばして、何かおもしろそうな記事はないかと雑誌をめくり始めた。

有名なファッション・リーダーの隠されたプロフィールに関する記事に興味をそそられる。華やかな上流社会は、表面だけでは友だちか敵かわからない不自然な社会だという考えに、ギャビーも共感した。

ある上流階級の夫人が、有名な政治家やロックスターにパーティーのエスコート役を依頼して巨額の謝礼を払ったと、かなり細かい点まで書かれている。

ギャビーは次に旅行のページを開いた。

パリ――美しく、食べ物のおいしい町。フランス語の響き、香水の香り、そしてファッション。フランス人の女性は、フランス以外の国には似合わない、不思議な情熱を持っている。そして豪華な料理！

ギャビーはパリに住んでいたころを思い出した。ギャビーは一時期、情熱的な学生と恋に落ち、彼の巧みな恋のテクニックに乗ってベッドに誘われる自分を想像していたことがある。そのころを思い出したギャビーの唇に笑みが浮かび、瞳が輝きを増した。

「おもしろい記事でも出てるのかい？」

低い声がしたので顔を上げると、広い娯楽室に通じる通路を背に、長身のベネディクトが立っていた。

脱いだジャケットを片方の肩にかけ、すでにネクタイは外されている。ブルーのシャツの喉元のボタンも二、三外してある。

ベネディクトを見上げたギャビーの瞳には、まだ笑みが残っていた。「もうこんなに遅い時間だとは気づかなかったわ」自分のほうに近づいてくるベネディクトを見ながら、ギャビーは努めて陽気な口調で言った。

「十時を過ぎたところだ」ベネディクトはギャビーの横に立ち、開いた雑誌に目を落とした。「楽しかった思い出でもあるのかい？」

ギャビーはベネディクトの目を見つめた。冷静さの陰に、警戒の色が浮かんでいる。「ええ」ギャビーが素直に答えると、彼はかすかに目を険しく細めた。「ずっと昔のことで、私も若かったわ」

「だが若い男性を魅了するほどには成熟していた」ベネディクトは根拠もなく、からかうように続けた。「その男性の名前は？」

「ジャックよ」ギャビーは迷わず答えた。「ロマンチックな人で、キスがとても上手だったわ。よく一緒にギャラリーを回り、歩道のカフェでコーヒーを飲んだわ。週末にはぶどう畑を持っている彼の家族を訪ねたりして、楽しかったわ」おしゃべりしながら大勢の家族で食事をしたこと、彼の家族が陽気で愛情にあふれていたことを、ギャビーはそのままベネディクトに話して聞かせた。

「楽しかったって、どんなふうに？」

ベネディクトをからかってみたい衝動を強く覚えるが、そんなことをしても意味がない。「彼のお母さんはとても厳格な人で、息子を近くのワイン業者の娘さんと結婚させると決めていたの。英語を話す娘は、たとえ大金持でも、息子を遠くに連れていってしまうかもしれないでしょう」

ベネディクトの瞳が和らいだ。「彼はワイン業者の娘と結婚したの？」

「ええ。彼を愛してやまないお母さんが、年に二度、家族の近況を手紙で知らせてくれるの」

「君は彼を愛していたのかい？」ベネディクトが優しく、滑らかな声で尋ねた。

あなたを愛しているようには愛していなかったわ。

「私たちはとてもいい友だちだったわ」

ベネディクトの強い視線がつけた小さな火が、炎となってギャビーの全身に伝わっていった。肌がほてり、体の芯《しん》が熱くなっている。

「君がパリを離れるとき、二人ともよくあっさりと別れられたね？」

ギャビーはいたずらっぽい笑みを浮かべた。「お互いに絶対忘れないって約束し合って、しばらくはロマンチックな詩を送ったりしてたの」

「そしてよくあるように、手紙は次第に短くなり、やりとりも少なくなっていった？」

「あなたって本当に皮肉屋さんね」

「現実的なんだよ」ベネディクトが反論する。

ギャビーは雑誌を閉じて、テーブルに置いた。そして無駄のない動作で立ち上がると、パレオを取り上げて腰に巻いた。「コーヒーでもどう？」

「頼む」

ベネディクトはギャビーのあとに続いた。うなじに彼の視線を感じる。ギャビーは無意識に背筋を伸ばし、ゆっくりと足を進めた。

キッチンに入るとギャビーは調理台に進み、手際よくコーヒーメーカーに水を注ぎ、挽《ひ》いたコーヒー豆をセットしてスイッチを入れた。

広いキッチンにはシェフが大喜びしそうなほど、ありとあらゆる設備が整っている。中央には数個のレンジがあり、二台のオーブン、二台の電子レンジ、そして容量の大きい冷蔵庫と冷凍庫が置かれている。

ギャビーはカップとソーサーを二組取り出し、それからミルクと砂糖を用意した。

「ディナーはどうだったの？」

「本当に興味があるのかい？　それとも、なんとなくきいただけ？」

自分の言動が私にどんな影響を与えるか、この人は意識しているのだろうか？　ベッドの中では、もちろん意識しているはずだ。けれども外では？　たぶん、意識していないに違いない。ベネディクトほどのビジネスマンは、人間関係より、会社を大きくすることのほうに、より関心があるのだから。

ギャビーは意識して、からかうようなベネディクトの視線をとらえた。「本当に興味があるのよ」

「シドニーで最高の中華料理を食べた。台湾の取引先は感銘を受けたようだったから、あのエージェントはかなりのコミッションを手に入れるだろう」

「もちろん、あなたはうちの自家用ジェット機を使うように勧めたんでしょうね。そうすれば、その台湾の取引先は感激して、仕事仲間にあなたを推薦してくれるわ」

ギャビーの言葉を聞いて、ベネディクトの唇に笑みが浮かんだ。「それがビジネスというものだ」

「そして、ビジネスが一番大切なことなのね」

「それは単なる意見かい？　それとも不満？」

ギャビーは落ち着いた目でベネディクトを見つめた。「この数年間、会社の利益が予想を大幅に上回っているのは周知の事実よ。それが、あなたの功績によるものだということも」

「君はまだ問いに答えていない」あまりに穏やかすぎる口調なので、ギャビーの背筋に冷たいものが走った。一瞬、二人の視線がぶつかる。ギャビーはなんとか笑みを浮かべた。

「どうして私が不満に思うの？」ギャビーは抑揚のない声で尋ねた。脈拍が速くなっているのがわかる。

「どうしてだろうかな？」ベネディクトがからかうように言った。「君は自分のファミリー・ビジネスの業績に重大な関心を払うべき立場にいる」

「いろんな意味でね」

ベネディクトがかすかに目を険しく細めた。「かなり努力もしている」

ギャビーははっきり言った。「まだ父に孫を作ってあげられないことが、家族の問題になっているようね」

ほんの一瞬、ギャビーはベネディクトの目に怒りのような光を見たが、それはすぐに消えてしまった。

「アナリースは、それを君に教えずにはいられなかったわけだな?」

ベネディクトは一本の指でギャビーの唇の端に触れながら、親指で首の動脈をなぞっている。

「ええ」

ベネディクトは手を下降させ、ビキニのトップの端をなぞった。そして胸のつぼみの上に軽く触れたあとでわきに下ろした。

「子供を作るかどうかは、君が決めることだと僕たちは同意した」ベネディクトが静かに言った。

ギャビーはつばをのみ込んだ。彼に触れられて反応してしまう自分の体がいやになる。

「どんなことでも闘いの材料にしてしまうなんて、アナリースは勝手だな。それでどっちが勝ったんだい?」

「二人とも少し傷ついて引き下がったわ」ギャビーは真面目《まじめ》な顔で答えた。

「この闘いは、いったいいつまで続くんだ?」

「わからないわ」

「それで武器は?」

ギャビーは故意に笑みを浮かべた。「もちろん、アナリース自身よ。そして賞品はあなた。父が彼女と正式に養子縁組をすれば、彼女もスタントン家の一員になるわ。スタントン姓からニコルス姓に変わるために、私たちが離婚すればいいというわけ」

ベネディクトがギャビーの頬を撫《な》でた。「君はその筋書きに賛成していないと考えていいんだね?」

ええ。そんなのいやだわ、と大声で叫びたい。ギャビーは催眠術にかかったように、口を閉ざして立ちつくしていた。表情が言葉以上に気持を語っていることには、まったく気づかずに。

ベネディクトが穏やかな声で言った。「スタントン・ニコルス社の将来だけを考えて、僕が君を妻に選んだんだと信じているのかい?」

一番の弱点を突いてきた。予想どおりだ。ギャビーは少し首を傾《かし》げた。「資産家のあいだではいろいろな理由で縁組を考えるものよ」そして大胆に続けた。「愛が必ず必要というわけじゃないわ」

ベネディクトの表情は変わらない。しかし、彼の怒りを感じ取り、ギャビーはぞっとした。

「じゃあ、ベッドの中でのことはなんなんだ？　あれをどう説明するんだ？」

ギャビーは喉のつかえをのみ込んだ。「テクニックよ」

ベネディクトの目に一瞬陰りが見えたが、すぐに消えた。「君は僕を種馬にしてしまうつもりなのかい？」

なんてことを。ギャビーは目を閉じ、そして開いた。「違う、違うわ」ギャビーはベネディクトのわざと卑下した言い方に傷ついて言った。

「少しは情けをかけてくれてありがたいね」

ベネディクトは怒っている。そう思うとギャビーは辛《つら》かった。

だが、怒り以外の何を期待できるというのだろう？　君はとても大切な存在だから、誰かほかの女性が君にとってかわるなんて考えられないと、心をこめて言ってくれること？

胸が苦しい。ギャビーは視線をベネディクトに釘《くぎ》づけにし、まるで静止画像のように立ちつくしていた。

「もうコーヒーができている」

ベネディクトのいつもの皮肉っぽい声を聞くと、ギャビーは神経を集中してコーヒーをカップに注ぎ、砂糖を加えた。

ベネディクトが自分のコーヒーカップを手にした。

「書斎に持っていくよ」

ギャビーは悲しげな表情で、キッチンから出ていくベネディクトの後ろ姿を見送った。

アナリースのせいだわ。ギャビーはコーヒーをシンクに捨て、無意識にカップをすすいで食器洗い機に入れた。それからコーヒーメーカーのスイッチを切り、明かりを消して二階に上がった。

ベッドルームに入るとすぐにバスルームに行き、ビキニを脱ぎ捨ててシャワーを使った。

ベネディクトがいつベッドに入ってきたのか、まったくわからなかった。朝、彼が起きたことすら気づかなかった。ギャビーが目覚めたときには、横に彼の姿はなかった。枕《まくら》とシーツに残ったくぼみだけが、彼はそこに寝ていたという証拠だった。

3

ギャビーはベッドサイドの時計に目をやり、うめくような声を発した。七時半。起きてシャワーを使い、朝食をとって町に向かう車の列に加わらなければならない。

うれしいことに今日は金曜日。週末は目の前だ。

今晩は、クリス・エビントンが自宅で開くテニス・パーティーに参加することになっている。クリスはスタントン・ニコルス社が契約している会計事務所の共同経営者だ。明日の夜は、シドニー・エンターテーメント・センターで開かれるオーストラリアン・プレミア・パフォーマンスのチケットが買ってある。

今晩の私たちの予定をアナリースが知る可能性は低い。ギャビーは運転席に体を滑り込ませた。モニークですら、直前になってプレミア・パフォーマンスのチケットを手に入れることは難しいだろう。いい天気だった。空は雲一つなく、朝の早い時間なのでスモッグもない。

昨晩のことは思い出さないようにしようとギャビーは努めていたが、そうもできないまま午前中は時間が過ぎていった。

午後には計算ミスを見逃してしまい、再チェックに貴重な時間を費やしてしまった。そういうわけで、帰宅しようと車に乗り込んだとき、ギャビーはほっとした。

家に着くと、ベネディクトの車はすでにガレージに入っていた。ギャビーは緊張して家の中に入った。マリーに夕食の時間を確かめ、二階に上がる。

ベッドルームでは、ベネディクトがネクタイを外しているところだった。

「早かったね」平凡な言葉だが、黙ったままでいられるよりいい。

ギャビーは落ち着いてベネディクトを見た。引き締まった頬をさまよっていた視線が、意に反して一瞬、唇の上に留まる。

「夕食は六時だそうよ」

「マリーから聞いたよ」ベネディクトはシャツのボタンを外し始めた。彼の動きを追っていたギャビーの視線が一瞬ためらったのち、再び顔に向けられた。

ベネディクトの感情は、表情からは推し量れない。争いはしたくない。モニークやアナリースが相手では争いは避けられないが、ベネディクトは別だ。

「謝らなくちゃいけないわ」勇気を出して口を開いたことを、そして一日中、私が思い悩んでいたことをベネディクトは気づいているのだろうか？

彼の唇の端にかすかに笑みが浮かび、目が皮肉っぽい光を帯びた。「お行儀がいいじゃないか、ギャビー」

ベネディクトはシャツを脱ぎ、黒のポロシャツを頭からかぶった。

正直に話す以外ない。「心から後悔しているの」

ベネディクトはスーツのズボンを脱ぎ、コットンパンツをはいた。

彼が顔を上げた。「謝罪を受け入れるよ」

知らないあいだに止めていた息を、ギャビーは小さくはき出した。「ありがとう」

今はこの人の前から立ち去りたい。ギャビーは広いウォークイン・クローゼットに入り、テニスウエアを選んだ。それからリネンのスラックスとブラウスを取り出した。

バスルームから電気シェーバーの音が聞こえてくる。ギャビーが着替え終わったとき、ベネディクトがバスルームから出てきた。

いつものように、体が熱くなってくる。「何時にここを出る予定なの？」

「七時十五分に出る」

二人は一緒に階下に下り、マリーが用意したおいしいチキンサラダを、ミネラルウォーターを飲みながら食べた。テニスの最後の試合が終わったら、ちゃんとした食事が出ることになっている。

クリスとリーアン・エビントンはウラーラにある大きな家を美しく改装して住んでいる。手入れの行き届いた芝生、美しい庭、垣根と灌木《かんぼく》を装飾的に刈り込んだ庭は過去の時代を思わせる。そんな中に完璧《かんぺき》なローン・テニスコートが作られている。

円形の前庭に、数台の車がとまっている。ベントレーを降りると、ベネディクトはトランクから二人のスポーツバッグを取り出した。

ゲームの展開を速くするために、七ゲームをプレイして、勝ちゲームの多いチームの勝利というルールをエビントン夫妻は決めていた。パートナーは勝手に選ぶことになっている。ミックスダブルスが二試合、それから女子ダブルスが二試合、最後に男子ダブルスが二試合行われる。

ギャビーとベネディクトは最初の試合に指名された。相手はギャビーが会ったことのないカップルだ。四人ともテニスが上手だったが、ベネディクトは長身と力と技を駆使してボールを自由に打ち分け、彼とギャビーのチームが勝利をおさめた。

クリスとリーアンの息子、トッドが今晩の審判を買って出ていた。スポーツに秀でた法学部学生のトッドは常に若くて美しい女性に囲まれている。そんな女性が今夜は一人も見当たらないのが不思議だと、ギャビーは思っていた――アナリースがデザイナーブランドの派手なテニスウエアを着て現れるまでは。

「遅くなってごめんなさい」アナリースがにっこり笑った。

「ミックスダブルスが今、終わったところなのよ」リーアンが言った。「今度は女子ダブルスだわ」

アナリースはギャビーのほうを振り向いた。「パートナーになってくれない？　昔みたいに」

学校が休みのとき、ときどき組んでプレイした、息の合わない試合のこと？

リーアンが二人の出番を二試合目にしてくれたので、ギャビーは差し出された冷たい飲み物を受け取った。

トッドが審判席から試合の開始を告げ、客たちがコートのまわりに集まるとすぐ、アナリースがギャビーに話しかけてきた。

「今日はお昼からずっと友だちに電話をして、新しい情報を集めてたの」

「たまたまその中の誰かが、今晩のテニス・パーティーを教えてくれたのね？」ギャビーは冷たい口調で尋ねた。

「そうなのよ」

「今夜のお客のリストは、誰よりもトッドがよく知ってるわ」

「彼はかわいい子だわ」

「おだてるのも簡単」

アナリースは猫のような笑みを浮かべた。「男性はみなそうなんじゃない?」

「試合を見に行きましょうよ」

三十分ほどして、二人の試合が始まった。試合は接戦だった。最後のゲームではデュースが三回も続き、最後にアナリースがアドバンテージからサービスエースを決めて、試合を終えた。

最後の試合が終わると、シーフードの夕食になった。そして食事が終わり、コーヒーとプチフールがふるまわれた。

ギャビーはアナリースがベネディクトに話しかけに行くものとばかり思っていた。だが彼女は、思いもかけずギャビーの腕を急に肘で押した。

とっさのことでギャビーは何もできず、黙ってタイルの床にこぼれたコーヒーを見ていた。

「大丈夫よ」横に歩み寄ってきたベネディクトに、ギャビーは言った。素早くチェックしているベネディクトに、笑顔で答える。

テニスシューズにコーヒーがかかっただけで、ナプキンで拭《ふ》くとすぐきれいになった。

「火傷《やけど》するかもしれなかったわ」アナリースが心配そうな顔をして言った。

「幸いなことに、火傷はしなかったわ」

「大丈夫、ギャビー?」リーアンが尋ねた。「コーヒーをもっと入れましょうか?」リーアンの瞳が、楽しそうに輝いている。「それとも、もっと強い飲み物がいいかしら?」

アルコールでも飲みたい気分だが、リーアンが思っているような理由からではない。ギャビーは笑顔で首を横に振った。「コーヒーをいただくわ」

ギャビーがベントレーの助手席に座ったのは、真夜中近くになっていた。ベネディクトは運転席に座り、エンジンをかけた。

「さっきは何があったんだ？」

車はドライブウェイの砂利道を走りだした。ギャビーは車が表の通りに出るのを待って、口を開いた。

「なんのこと？」

ベネディクトはちらりとギャビーを見たが、闇《やみ》のせいで鋭さは感じられない。「君はコーヒーをこぼすような不作法はしない」

「私の味方をしてくれるの？」

「アナリースだね？」

細い肩の上に、疲労がずっしりのしかかっている。ためらったあと、正直に答えた。「わからないわ」

「彼女は君の横に立っていた」

「その話はしたくないの」

ベネディクトが車をガレージに入れているあいだに、ギャビーは素早く家の中に入り、二階へ上がった。そして服を脱ぎ捨て、シャワーブースに入った。

数分後、ベネディクトが入ってきた。ギャビーはちらりと彼のほうを見たが、そのまま体を洗い続けた。二人は同時にシャワーを終え、同時に外に出てお互いのタオルに手を伸ばした。

ギャビーはベネディクトを見ないようにしていた。特に、裸のベネディクトには逆らえないものがある。動悸《どうき》を静めることができない。体のほてりを抑えることができない。

ドアのほうを向こうとしたギャビーの腕を、ベネディクトの手がつかんだ。彼は自分のほうにギャビーを向かせたが、彼女は一言も発しなかった。

表情のない黒い瞳が、ギャビーの目をのぞき込んでいる。感情を隠せない自分の脆《もろ》さが嫌いだ。

何よりもベネディクトの腕に抱かれたい。キスをしてほしい。ギャビーはゆっくり手を伸ばし、ベネディクトの頬のくぼみをなぞり、それから唇の端に触れた。

ギャビーの指をベネディクトが口に含んだ。ギャビーの瞳に炎が燃え上がった。ベネディクトがギャビーの指先を順番に軽くかんでいく。彼女の体の奥深いところが熱くなっていった。

ギャビーは自らベネディクトを抱き寄せ、彼の肌の感触と体温、コロンの香りをむさぼった。唇を開き、ベネディクトの激しく、欲望をわきたたせるキスを受け入れた。そして、不愉快な思いをしたことなどはすっかり忘れていた。

ベッドルームに戻り、ベネディクトはギャビーをベッドに引き入れた。ギャビーの口から喜びの声がもれる。ギャビーはベネディクトだけが誘うことのできる、欲望の世界に溺《おぼ》れていった。

ベネディクトは仕事が入らない限り、毎週土曜日ゴルフに出かけた。ギャビーはといえば、週日には時間がなくてできないことを土曜日にするようにしていた。

昼間、映画を見に行くこともあったし、友だちとランチを一緒にとることもあった。

今日、ギャビーは何枚か服を買い、予約してあった美容室に出かけた。

家のある通りに戻ってきたときは、六時近くになっていた。ちょうどベネディクトの四輪駆動車がドライブウェイに入るところだった。

彼はギャビーが車をとめるのを待っていた。

「楽しかった？」ギャビーは車から降りながら尋ねた。

「ああ。君のほうは？」

「あちこちのブティックで、たくさん買い物をしたわ」ギャビーは後ろの座席に置いた、色とりどりのショッピングバッグを指さした。

ベネディクトの長身のたくましい体は、体にぴったりフィットしたカジュアルシャツに包まれている。

ベネディクトがギャビーの体越しに腕を伸ばし、ショッピングバッグを後ろの座席から取り出した。

いつもの変化が、ギャビーの体の奥で起こる。

いつかはベネディクトによって、平静を失うことがなくなる日がくるかもしれない。ギャビーはベネディクトに従って家の中に入りながら、心の中で笑った。そんなことは、生まれ変わりでもしなければ起こらないわ！

七時過ぎに、二人はエンターテーメント・センターに出かけた。ニュージャージー生まれの、紳士服屋の息子に生まれたマジシャンは、二百五十ものレパートリーがあり、どんな観客をも魅了してしまうという定評がある。

ショーはすばらしかった。マジシャンは天才的なテクニックで観衆の論理的思考の働きを止め、背筋を凍りつかせた。

アナリースの姿を見かけなかったことで、ギャビーはよけい楽しめた。翌日、ベネディクトと一緒に友だちのクルーザーに乗ったときも、ギャビーの楽しい気分は続いていた。

月曜日、オフィスに着いたギャビーは、秘書とその日の打ち合わせをした。今日は特に忙しくなりそうだ。

パソコンにデータを打ち込んでいるうちに、午前中はあっという間に時間が過ぎてしまった。正確を期するためには、神経を集中する必要がある。コーヒーがデスクの上に置かれても、ギャビーは手を休めなかった。

十二時を少し回ったころ、ギャビーはやっと椅子の背にもたれかかった。肩を回しながらパソコンの画面に目を走らせる。数字は全部打ち込んである。あとはランチをすませたら、チェックするだけでいい。

オフィスでランチをすませよう。ギャビーは自分で決めた締め切りに間に合わせようと張り切っていた。ジェイムズは明日の一時までに、その資料が欲しいと言ったが、今日の午後には届けるつもりでいた。

ギャビーは立ち上がり、一時間前に秘書が冷蔵庫に入れておいてくれたサンドイッチとアップルジュースの缶を取り出し、デスクに戻った。

パンは弾力があり、マヨネーズ・ドレッシングをかけたサラダのチキンも柔らかい。ギャビーはサンドイッチをジュースで流し込み、エネルギーを補充した。

電話が鳴ったので、ギャビーはあわててデスクの上のティッシュを引き出し、受話器に手を伸ばした。

「一番にミズ・フランチェスカ・アンジェレッティからお電話です」

驚きはすぐに喜びに変わった。「つないでちょうだい」二秒ほど待つ。「フランチェスカ。どこからなの？」

「家よ。昨日の朝、ローマから帰ってきたの」

「いつ会える？」二人はなんでも話し合える間柄だ。二人は同じ寄宿制の学校に通い、同じクラスで勉強し、そして二人とも父親が再婚していた。そのせいで二人は仲よくなり、学校を卒業したあとも友情が続いている。

フランチェスカは、少しかすれた声で笑った。「今晩会えるわ。ベネディクトと一緒にレオンの展覧会に行くでしょう？」

「レオンのパーティーは出ないわけにはいかないわ」ギャビーは小声で笑いながら答えた。「あなたのお父さまもモニークと行くのかしら？」

「アナリースも一緒にね」フランチェスカの正直な反応を聞いて、ギャビーは片方の眉を上げた。「いい子は下品な言葉を使ったりしないものよ」

「私は平気よ。それであなたのかわいい義理の妹は、いつからあなたの邪魔をしてるの？」

「一週間前から」

「彼女はプリマドンナ気取りだから。不幸なことにイタリアのファッションショーの仕事で、何度か一緒になったことがあるわ」

「楽しかったでしょう」

「笑えるような楽しさじゃなかったわ。ギャビー、もう切らなくちゃ。続きは今晩ね」

「楽しみにしてるわ」ギャビーは受話器を置いた。

数分間だけ、ギャビーは思い出にひたることにした。一番思い出に残っているのは、学校が休みのとき一緒に外国へ行ったこと、お互いの婚約パーティーに主賓として出席したこと、結婚式で花嫁付き添い人を務めたことだ。

自動バックアップが作動して画面が点滅したので、ギャビーは再びパソコンに向かった。椅子をパソコンの前に引き寄せ、紙の束を手にして手際よく数字をチェックしていく。

一時間後、ギャビーは資料をプリントアウトし、再びチェックしたものを、ジェイムズとベネディクトのところへ秘書に届けさせた。ギャビーは満足していた。スタントン・ニコルスが社用車をリースしている会社と交渉して値下げをさせることができれば、その金額を社員に対する今の報奨金に上乗せできる。会社のコストが増えることはないし、税金も余分に払う必要はない。

五時にギャビーは駐車場に下りるエレベーターに乗り、家に着いたのは六時だった。

「だんなさまから今、電話がありました」キッチンに入っていったギャビーに、マリーが言った。「あと二十分ぐらいで着くそうです」

シャワーを使って髪を乾かす時間はありそうだ。

「おいしそうなにおいね」ギャビーはマリーがかき混ぜているフライパンの中をのぞき、それから別の鍋《なべ》に目を移した。

「アスパラガスのオランデーズ・ソースかけと、ビーフ・ウエリントンの野菜添え、デザートはレモンタルトですよ」

ギャビーはグラスを手にして冷蔵庫に歩み寄り、冷たい水を注《つ》いだ。

「招待状が何通か郵便で届いてましたから、書斎に置いておきました」

「ありがとう」ギャビーは笑顔で答えた。

数分後に二階に上がったギャビーはベッドルームに入り、服を脱いでシャワーを使った。

シャワーを浴び終わると新しい下着をつけ、細身のジーンズをはいて、ゆったりしたシャツをはおった。濡《ぬ》れた髪はよじってまとめ、頭の上で留めた。乳液をさっとつけ、明るい色のリップスティックを塗る。これでいい。

バスルームから出てきたとき、ちょうどベネディクトがベッドルームに入ってきた。片方の眉を上げ、からかうような笑みを浮かべている。

「ミーティングが遅れたの？」

「帰りぎわに電話が二本かかってきたうえ、渋滞に引っかかってしまった」ベネディクトはジャケットを脱ぎ、ネクタイを緩めた。

ギャビーは戸口に向かった。「ディナーはあと十分でできるわ」

ベネディクトの黒い瞳がセクシーに光っている。

「一緒にシャワーを使いたかったのに」

ギャビーの体の奥にともった炎が、体中に広がっていく。「遅すぎたわね」何げない口調で答える。

笑みが浮かぶと、ベネディクトの頬のくぼみが深くなった。「残念だ」

ギャビーは速くなった脈拍を抑えようとした。呼吸が乱れている。この人は私をわざとからかって楽しんでいるのかしら？

「冷たいシャワーを使えばいいわ」

「こうやってもいいかもしれない」ベネディクトがギャビーを抱き寄せ、彼女の唇に自分の唇を押しつけた。ギャビーは心臓が高鳴り始め、自制心がなくなりそうになった。

最初はめまいがして、次に全力疾走して粉々に砕け散ってしまったような感じがする。

ベネディクトがゆっくり顔を上げると、ギャビーの口から小さなうめき声がもれた。かすかに体が揺れる。ベネディクトの顔を見つめているギャビーの瞳が、濡れたように光っている。呼吸が速く、頬がほてっている。ギャビーは唇を震わせながら、ベネディクトの手から体を引いた。

「こんなの、ずるいわ」ギャビーは震える声で抗議した。ベネディクトは手の甲で、じっと立っているギャビーの頬を撫《な》でている。

おもしろがっているかのように、ベネディクトの唇の端が歪《ゆが》んだ。「食事ができたか見ておいで」穏やかな声で言った。「僕もすぐに下りていくから」

ディナーはすばらしかった。アスパラガスは柔らかく、ビーフはジューシーだった。デザートのレモンタルトもおいしかった。

「コーヒーはいかがですか？」皿をワゴンの上に片付けながら、マリーが尋ねた。

ギャビーはちらりと腕時計を見た。あと三十分で服を着てメイクアップし、髪をセットしなくてはならない。「私はやめておくわ」

「僕はもらうよ、マリー。ブラックで頼む」ベネディクトの声を聞きながら、ギャビーは立ち上がった。

4

ギャビーは赤いシルクのドレッシーなパンツとおそろいのキャミソール、それからビーズのついたジャケットを選んだ。それにイブニングサンダルとバッグを合わせれば完璧《かんぺき》だ。赤はギャビーの蜂蜜《はちみつ》色の肌を引き立たせ、ブロンドの髪とのコントラストを美しく見せる。

丹念にメイクアップを仕上げ、パンツとキャミソールを身につけた。それから髪にブラシをかける。いつものフレンチロールにするつもりで髪をかき上げたが、肩に垂らしておくことにした。

鏡に映る姿は、最高級の服と宝石を身につけた、自信に満ちている若い女性の姿だった。実際の心の中とは違い、落ち着いた雰囲気を漂わせている。

外見がいかに当てにならないかということだわ。

ギャビーは上品なサンダルに足を入れた。

「意識してその色を選んだのかい？」

「どうして？」ギャビーはベネディクトを見返した。

「何かを宣言しようと決意したのかと思って」

ギャビーはにっこり笑ってみせた。「なんて勘が鋭いんでしょう」

ベネディクトは洗練された男性の見本のようなものだ。黒いタキシードの下に真っ白のシャツを着て黒の蝶《ちょう》ネクタイを締めている。

こんなにセクシーな魅力を発散させているなんて罪悪に近い。はっきりした顔立ちは、彼の性格を表している。揺るがない視線は、会議室では妥協を許さないが、ベッドルームでは情熱の炎が燃えさかる。

そして、あの唇のためなら死んでもいいくらいだ。あの唇のせいで、どんなに心が乱れることか。

ベネディクトは略奪者の雰囲気を持っている。有無を言わせず人をとらえてしまうような、危険な感じがする。

ギャビーの体の奥深いところが、小さく震えた。この人のネクタイを外し、服を脱がせるときは、どんな興奮を覚えるだろうか？ そして私の服を彼に脱がせてもらうときは？

「にこにこして、どうしたんだ？」

ベネディクトをびっくりさせたくて、ギャビーは大きな笑みを浮かべた。瞳が輝いている。「期待に胸をはずませているの」

「レオンの展覧会のこと？」

ベネディクトはごまかされてはいない。彼にはギャビーの心の中はお見通しなのだ。「もちろんよ」

「展覧会には遅れてもいいんだよ」ベネディクトの唇の端がセクシーに歪《ゆが》んでいる。

「レオンががっかりするわ」もちろん、アナリースも。彼女の名前を出すのは最悪だと、ギャビーは承知していた。

「高い買い物をしてやれば、レオンの機嫌はいつでも直るさ」

ギャビーは少し考えたが、残念そうに首を横に振った。

「あまりじらすのは、罰金ものだな」

「私はちゃんと抑制できるわ」

「時間がたつごとに著しくなってくるよ」ギャビーの美しい瞳が、一瞬曇るのをベネディクトは見た。彼女の頬に手を触れたい。キスをして、その曇りを晴らしてやりたい。ベネディクトは衝動に負け、ギャビーの頬に手を触れたが、キスは我慢した。

ギャビーはバッグを手に取り、ベネディクトに先立って部屋を出ると、ジャガーに乗り込んだ。ギャビーはずっと無言でいた。このスポーツカーにはハンドルを握っているベネディクトと同じように、大きな力が秘められている。

たとえ害のないことでも、彼とゲームをするのは愚かなことだ。車はシドニー郊外の道を走っていた。もしゲームに勝ったとしても、敗北感を覚えるに決まっている。ベネディクトがそんな有利な立場にいることは不公平に思えるが、ギャビーのほうに形勢が有利に傾く可能性はほとんどなさそうだった。

「あなたの提案に、父はなんて言ってた？」ビジネスの話題なら、いつでも問題はない。

ベネディクトはギャビーのほうをちらりと見たが、すぐに車の前方に注意を向けた。「世間話のつもりかい、ギャビー？」

「父に直接きくわ」彼女は落ち着いた声で答えた。

「僕は二週間後、メルボルンに出張するよ」

「どれぐらい留守にするの？」

「三、四日だ」

ベネディクトが国内や海外に頻繁に出張することにもう慣れなくてはいけない、とギャビーは思った。けれども回を重ねるごとに、彼のいない寂しさは強くなり、精神的な不安感は増していった。

あなたがいないと寂しいと言葉に出して言いたい。けれども、まだ認めたくない気もする。ギャビーは窓の外の景色に目を移した。町全体にかすみがかかり、太陽が水平線のかなたに沈もうとしているので、ブルーの空の端がピンクに染まっている。夏時間のせいで、夕暮れが訪れるのが遅い。けれども、じきに街頭に灯がともり、町にネオンが輝き始める。

すばらしい眺めだった。美しい海岸線を描く港や入江が並び、ハーバーブリッジを背景に、華麗なオペラハウスが建っている。仕事に通う途中、毎日目にしている景色だが、よく見てみると、世界で最も美しい港だと賞賛されているのはもっともだと思う。

ギャラリーには、いろいろなタイプのお客が集まっていた。ギャビーはベネディクトに先立って、美しいホールに足を踏み入れた。

　二人を見つけたギャラリーのオーナーは、大喜びで歓迎した。彼が身につけている服やぜいたくな宝石は、彼の態度と同様に派手で目立っている。高級なイメージと顧客の獲得に、長い年月をかけた努力は報われている。なぜなら、招待状をもらった者だけが出席できるこのパーティーは、社交界の著名人たちから、絶対出席しなくてはならないパーティーと評価されているのだから。

「ダーリン、ご機嫌はどうだい？」

　ギャビーは自分に向けられた愛情のこもった目を見ながら、笑顔で両頬にキスを受けた。

「レオン」ギャビーは静かに答えた。レオンはイタリア生まれだが、彼の先祖はフランス革命の時代にフランスからイタリアに逃れてきたという。「元気よ、ありがとう《メルシー》」

「それはよかった」レオンはベネディクトの手を取り、情熱的に上下に揺すった。「すばらしい作品があるんだ。あとで個人的に案内するよ。その前にシャンパンでも飲んで。いいね？」レオンは客のあいだを回っているウエイターを手招きし、トレーからシャンパングラスを二つ取ってギャビーとベネディクトに渡した。それから制服を着たウエイトレスに、オードブルを持ってこさせた。「キャビア、スモークサーモン、それにアンチョビもある」

　ギャビーは薄いウエハースにスモークサーモンをのせ、その上にクリームチーズをのせてケイパーを飾ったオードブルを選んだ。「おいしいわ。フランツはますます腕を上げたわね」

「ありがとう、ダーリン」レオンが優しく言った。

「さあ、奥に入って。みんな知ってる客ばかりだ。あとでまた来るよ」

　ギャビーは自分たちに向けられる関心を感じながら、奥に進んだ。さあ、笑顔の時間だ。笑みを浮かべて男性の客に挨拶《あいさつ》し、それからもう一人の客に会釈をした。立ち止まって少し話をし、また次の客に挨拶をする。

ジェイムズが片腕をモニークに、もう一方の腕をアナリースに取られて現れるまで、どれほどの時間がたっていただろう？　十分？　十五分？

二十分たってるわ。ギャビーは父親の姿を認めた。ジェイムズが笑顔で、客のあいだを縫ってギャビーのほうに歩いてくる。

「やあ、ギャビー」ジェイムズは娘の手を握り、それからベネディクトのほうに顔を向けた。「ベネディクト」

「モニーク」ギャビーはいつものよそよそしいキスを交わした。「アナリース」

アナリースの香水は控えめだったが、服装は違っていた。黒のマイクロミニドレスが、手袋のようにぴったり体に張りつき、ノーブラの胸の曲線をはっきり描き出している。

会場にいる男性という男性はすべて、彼女の姿に賞賛の視線を走らせた。そして女性客はすべて、この獲物を狙《ねら》っている雌猫の姿を見て、自分のパートナーが狙われるのではと不安を覚えた。

ギャビーはこの女性客の一人一人に、心配は無用だと言って回りたいくらいだった。雌猫が狙っているのはベネディクトただ一人。犠牲になるのは私だけなのだから。

「何か気に入ったのは見つかったの？」

まわりの人間には、この言葉どおりの意味に聞こえただろう。神経が過敏になっているギャビーには、アナリースの言葉が皮肉に聞こえ、ベネディクトの返事を待った。

「二、三点、興味のある作品があったよ」

「どの作品か教えて」アナリースがお色気たっぷりに言った。

アナリースをひっぱたいてやりたい。ギャビーは心の中でその場面を想像し、満足感を覚えた。

「五番と三十七番の作品だ」ベネディクトがアナリースに向かって言った。

「ギャビー、モニークとアナリースを案内してやってくれないか？」ジェイムズが口をはさんだ。「わしは少しベネディクトと話があるんだ」

なんてことを。娘を二頭の雌ライオンの前に放《ほう》り出したことを、父は気づいているのだろうか？

「二人で行ってらっしゃい」モニークが言った。「私はベアトリス・オスターマンと話をしてくるわ」

社交界を仕切っている女性の一人が近くにいてラッキーだった。ギャビーは弱々しい笑みを浮かべ、アナリースに言った。「さあ、行きましょうか？」

ベネディクトの気に入った作品に近づくまでの二分が、二十分にも思える。

「アバンギャルドな感じね」ギャビーが言った。「でも、オフィスが明るくなるわ」

「無駄なおしゃべりはやめなさい、ギャビー」アナリースが退屈した口調で言った。「アートの展覧会なんてくだらないもの」

「でも、好奇心を刺激されるわ。そう思わない？」

「ママは人に見られるために来るのよ。そして……」

「あなたもね」

「ベネディクトに見られるためにね」

喉が苦しい。表情に表れていないといいけど。

「疑いもしないのね、ダーリン？」

「そんなことだと思ってたわ」

「じゃあ、私たちは理解し合ってるということね」

ギャビーは壁に並んだ作品のほうを指さした。

「ほかの作品も見ているようなふりをしましょう」

そして笑みすら浮かべた。「あとで話題に使えるわよ」

アナリースは非の打ちどころのない役者だわ。会場にいる客たちはみな、義理の姉妹が愛でつながれていると信じきっている。こんなお芝居に加担するのはうんざりだ。

二人はぶらぶら歩いては作品の前で立ち止まって鑑賞し、十五分ほどしてジェイムズとベネディクトと一緒になった。モニークの姿は見えない。

「すばらしい作品を選んだわね、ベネディクト」アナリースは故意に、喉を鳴らすような声で言った。

「あなたのオフィスに置いたら似合いそうな彫刻があっちにあったわ。一緒に見に行きましょうよ」アナリースはギャビーのほうを振り返った。「とてもすてきな作品だったわよね、ダーリン？」

「すてきだったわ」ギャビーはウエイターが差し出したトレーから、シャンパンを受け取った。グラスを静かに口に運び、思い切って夫の目を見上げた。黒い瞳に笑みが浮かんでいる。おもしろがってるんだわ。ひどい人！

「じゃあ、見に行ってみよう」

「私がベネディクトを案内してるあいだ、パパと話してて、ダーリン」

なんて巧みな戦略なんだろう。ベネディクトを引っ張っていくアナリースを見送りながら、ギャビーは思った。

「魅力的な女性に育ったよ」ジェイムズが穏やかな声で言い、ギャビーはうなずいた。

「とても魅力的だわ」

「仕事もうまくいっている」

「そうね」ギャビーはシャンパンをゆっくりすすり、ベネディクトに話しかけているアナリースを見ないようにした。

「おまえの作った資料に目を通したよ。よくできている」

「ありがとう」父親に褒められたことがうれしい。

「おまえは母親に似て誠実だし、センスもいい。誇りに思ってるよ、ギャビー。おまえの仕事も」

ギャビーは父親の頬に軽くキスした。「私も愛してるわ」

聞き慣れない声がしたので、ギャビーは振り向いた。父親が紹介してくれるあいだ、笑顔で立っていたが、父親の知り合いが次の選挙の影響について話し始めたので、ギャビーは挨拶してその場を去り、ホールの反対側に向かった。

そのあたりにも知り合いがかなりいて、ギャビーは立ち止まって挨拶した。

会場に着いてすぐ、ギャビーの目を引いた絵画がある。あの絵をゆっくり見てみたい。

「ギャビー」

「フランチェスカ！」ギャビーは心からうれしそうな笑みを浮かべ、赤褐色の髪をした長身のファッションモデルを抱き締めた。「ずいぶん久しぶりね」

「本当に」フランチェスカが答えた。「ファッションショーは疲れるわ。それに……」ちょっと間を置いて続けた。「家族同士の闘いもね」

「それはランチでも食べながら話しましょうよ」

フランチェスカは、つられてこちらも笑いたくなるような笑みを浮かべた。「明日はどう？」

「いいわ」ギャビーはオフィスの近くにあるおしゃれなレストランの名前をあげた。「十二時半でどう？」

「いいわ」フランチェスカはギャビーの腕をつかんだ。「アナリースがベネディクトを誘惑してるところを見ていたい？」

「いいえ」

「じゃあ、作品でも見て回って、隠れた才能でも発掘しましょうよ！」フランチェスカは皮肉っぽく片方の眉を上げ、近くの彫刻を見た。「少しは見つかるはずよ。そうでしょ？」

「作品は、作者の目の中にある美の器にすぎないのよ」フランチェスカと一緒に作品を見ながら、ギャビーは真面目《まじめ》な口調で言った。

「とんでもない値段だわ」フランチェスカが小声でささやいた。「本当に買う人がいるのかしら？」

「聞いたら驚くわ」

「まったくね」

「お金持で有名な人たちは気まぐれで絵を買い、数年後に芸術家が有名になったときに大儲《もう》けをするというわけよ」

「芸術家が有名にならなかったら？」

ギャビーは笑みを浮かべた。「オフィスの玄関ホールに絵をかけて、誰の作品かわからないところをおもしろがってるふりをするのよ。さらにいいことに、税金の控除対象になるの」

「まあ」フランチェスカは息をはいた。「あなたはいつからそんなに世の中を冷たい目で見るようになったの？」

「大人になったのよ」

「ベネディクトはどう？」

しばらく躊躇《ちゅうちょ》したあとで、ギャビーは答えた。

「お互いに理解し合っているわ」

「何か意味のありそうな言葉ね、ダーリン。彼はあなたの憧《あこが》れの騎士かと思っていたけど」

「そんなの小説の中だけの話だわ」

「そうとは限らないわよ」フランチェスカはやんわりと否定した。「短いあいだだったけど、私は経験したもの」

あれは短すぎた。フランチェスカと、世界的に有名だったイタリアのカー・レーサーとの結婚生活は、六カ月しか続かなかった。三年前、ヘアピンカーブで起こった事故は、彼の命ともう一人のレーサーの命を奪ってしまった。

ギャビーは葬儀に参列するためモナコに飛んだが、

どんな言葉をかけていいのかわからなかった。今もどう慰めていいのかわからない。

「大丈夫よ」ギャビーの心を読んだかのように、フランチェスカが言った。「気持の処理の仕方に慣れてきたから」

フランチェスカと彼が深い愛で結ばれていたことを、ギャビーは自分の目で見て知っていた。そんな大切な人を亡くした喪失感に、慣れることができるものだろうか?

「マリオは……」

「そんな人生もあるのよ」フランチェスカが静かにさえぎった。「しばらくのあいだ、彼は私のものだったわ。少なくとも、私と一体だった」フランチェスカが、明るい原色でなぐり描《が》きしたような絵を指さした。「これは筆とパレットを持たされた幼稚園の子供が自由に描いた絵なのかしら? それとも私の想像の範囲を超えている不思議な、でも深い意味のこめられた絵なのかしら?」

「それは抽象画さ」楽しそうな男性の声が聞こえた。「そして君の目の前にいるのは、半日かけてキャンバスに絵の具を塗りたくり、誰かがパンを買える金額で買ってくれないだろうかと思っている幼稚園の子供さ」

「ずいぶん高価なパンだこと」フランチェスカは気後れすることもなく言った。「その芸術家は手縫いの靴をはき、エルメスのネクタイを締めてロレックスの時計をはめてるわ」

「みんな偽物かもしれない」

「違うわ」有名デザイナーの服に関して詳しいフランチェスカは、自信を持って答えた。

ギャビーはフランチェスカと、長身でたくましい体つきの、黒く輝く瞳を持った男性とのやりとりを聞いていた。

「今度は僕がどこに住んでいて、車は何に乗っているか教えてくれないか？」

「普通の人たちが想像できないような場所と車ね。北のほうの郊外にある、海が見渡せるところ。庭にはたくさん木があって、離れにアトリエがあるわ。ガレージにはＢＭＷが入っている」

ギャビーはベネディクトの手がウエストに触れる前に、彼の存在を感じていた。こぼれるような笑顔で、ベネディクトを振り返る。

ギャビーを見返す黒い瞳は、その奥をのぞかれることを許さない。だからギャビーは、彼の心を推し量ろうとはしなかった。

「ベネディクト」フランチェスカがうれしそうに声をあげた。「久しぶりね」

「そうだね」ベネディクトがスマートに答える。

「もうドミニクと知り合いになったようだね」

「正式には紹介されてないわ」フランチェスカは無理にうれしそうな表情を作り、隣の男性を振り返った。

「ドミニク・アンドレアだ。企業家で、パートタイムの芸術家なんだ」ベネディクトが言った。「こちらはフランチェスカ・アンジェレッティ」

「これはラッキーだ。デザイナーブランドのスーツケースにつけたイニシャルを、つけ直す必要がない」

ドミニクの言葉を聞いたすぐあと、ほとんど聞き取れないくらいの音をたててフランチェスカが息をのんだ。ベネディクトがかすれた声で小さく笑っている。

「ディナーに来てほしいね」ドミニクが言った。「フランチェスカも連れて」

「ギャビー？」ベネディクトに促され、ギャビーははっとした。自分が決めなくてはならないのだ。

「ありがとう。ぜひ、うかがうわ」

「私はだめ」フランチェスカが口をはさんだ。

「まだ日にちも決めていないよ」ドミニクがやんわり抗議する。「それにベネディクトとギャビーが一緒にいるんだから、君はまったく安全だ」ドミニクの笑顔は危険なほど優しく、魅力的だ。「君の推測が当たっているかどうか、興味はないのかい？」

フランチェスカは目を険しく細め、冷たい声で言い放った。「あなたがどこに住んでいようと興味ないわ」

「明日にしよう」ドミニクは穏やかな声で言った。

「六時半に」そう言うと三人に背を向け、会場の向こう側に歩き去っていった。

「非常識な男性ね」ドミニクが声の届かないところに行ってしまうと、フランチェスカは軽蔑《けいべつ》したような口調で言った。

「かなりの資産家で、仕事はうまくいっている」ベネディクトが言った。「道楽で絵を描いていては、慈善団体に寄付してるんだ」

「あなたのお友だちなの？」

「ときどき一緒にビジネスをすることがある。彼はニューヨークやアテネ、ローマで過ごすことが多いんだよ」

「シャンパン、キャビア、友情の世界は、私とは無関係だわ」

「君たちに共通しているところもあるんだよ」ベネディクトがうれしそうに言った。

「でも、どうしてディナーに招待なんかするの？」

「彼は君の魅力的なウィットが気に入っているようだ」ベネディクトは言葉を選んで答えた。唇に笑みが浮かんでいる。

「人に気に入られるのは、私の本意じゃないわ」フランチェスカは片方の眉を上げた。

「たぶん、なぜそうなのか、知りたいと思ったんじゃないかな」

「彼の誘いを断る女性はいなさそうね」

ベネディクトは喉の奥で笑った。「いないね」

フランチェスカの瞳がきらりと光るのを見て、ギャビーはほほ笑んだ。「じゃあ、招待を受けるのね？」

「おもしろそうなディナーに招待されたのは、本当に久しぶりだわ」フランチェスカが言った。「明日のランチのときに返事をするわね」

ベネディクトは二人の女性を、かなり注目を集めている難解な銅像のところへ連れていった。数分して、フランチェスカは家に帰ると言って出ていった。

「パーティーの時間までいたいかい？」しばらくしてベネディクトが尋ねた。ギャビーは彼の顔を見た。

「私たちがパーティーを欠席してもレオンが不満を言わないくらい、かなりの額の小切手を渡したんじゃないの？」ギャビーが明るい声で言ったので、ベネディクトは唇に笑みを浮かべた。

「五番と三十七番の絵と、アナリースが気に入っていた彫刻を買うことにした」

ギャビーは胃のあたりがずきりと痛んだ。

「ジェイムズへのプレゼントだよ」ベネディクトがからかうように言った。

ベネディクトの視線を冷静に受け止められない。彼の言葉をどう解釈したらいいのだろう？　何か皮肉がこめられているのだろうか？「きっと父は喜ぶわ」長い沈黙のあと、ギャビーは答えた。

「まだ僕の問いに答えていないよ」ベネディクトは優しく促した。

「父もモニークもアナリースも、まだ残ってるわ」自分の声が冷静に聞こえるのが不思議なくらいだ。落ち着いたふりができることにも驚く。こんなことは、何度も経験してきたんだもの。

ベネディクトの唇の端が歪んだ。「僕たちのことばかり考えていて、ジェイムズたちのことを忘れていたよ」ベネディクトは穏やかに言った。

ベネディクトが簡単にアナリースと一緒に行ってしまったことが、長いあいだ彼女と話し込んでいたことが、ギャビーは許せなかった。

ギャビーは軽く肩をすくめた。ベネディクトは私のしぐさを好きなように解釈すればいい。「あなたが帰りたいなら……」

「帰るんじゃないでしょうね？」モニークが非難するような声で割って入った。もしかしたら、モニークは読唇術を身につけているのかもしれない。「あなたたちがいなかったら、レオンはがっかりしてしまうわ」

「頭痛なんですよ」ベネディクトがさらりと言った。

モニークはギャビーの顔をのぞき込んだ。「まあ、そうなの？」瞳が疑い深く光っている。

アナリースが口をとがらせた。「こんなに早く帰るなんて失礼だわ」そして官能的な視線をベネディクトに送った。「ギャビーを家まで送って、またパーティーに戻ってきたら？」

唇に笑みは浮かんでいても、ベネディクトの目は笑っていない。「頭痛で苦しんでるのは僕なんだ」

ギャビーはまわりの様子をうかがった。彼が苦しんでいるのは本能的欲求のせいなのだと、誰も知らない。

モニークの表情は変わらなかった。ジェイムズは意識して穏やかな笑みを浮かべているが、ギャビーには父親の瞳がいたずらっぽく光っているのがわかった。だがアナリースは悪意のこもった目でちらりとギャビーを見たあと、すぐに弱々しい笑みを浮かべた。

「じゃあね」アナリースはつぶやきながら、マニキュアを塗った手でベネディクトの腕を軽く撫《な》でた。

ギャビーは顔が熱くなった。頬が赤らんでいませんように。ベネディクトはためらいもなくジェイムズやモニークに挨拶し、ギャビーの手を握ろうとした。彼女はベネディクトに抗議するつもりで、手をこぶしに握っていた。二人は部屋の反対側で客を前に作品の解説をしているレオンのところへ向かった。

「ダーリン、もう帰るのかい？」

「構わないだろう？」

「来てくれてうれしかったよ」ベネディクトの小切手が財布におさまっているせいで、レオンの笑顔は輝いている。

ギャビーはベネディクトの運転するジャガーが駐車場を出るのを待って、抗議を始めた。

「あんなの許せないわ！」

「何が許せないのか具体的に言ってくれないか？」

ベネディクトの車は、ニュー・サウス・ヘッド道路を東に向かって走り始めた。

ベネディクトに怒りをぶつけたい。実際にこの人を叩《たた》きたい。けれどもベネディクトが車をボークルーズ通りに進め、ガレージに入れて家の中に入るまで、ギャビーは口をつぐんでいた。

「コーヒーは？」セキュリティー・システムを解除するとベネディクトが振り返って尋ねた。

「いらないわ」険しい目でにらんでいるギャビーのほうに、ベネディクトは歩み寄った。

彼はギャビーに触れようとしない。ギャビーも毅《き》然《ぜん》として立っていた。一つずつ覚えていられないほど多くの理由で、ベネディクトを憎んでいた。

「ずいぶん怒っているんだね」

「怒っていないとでも思ったの？」

「早く抜け出してきたから、ちょっとは感謝されているかと思ったよ」

ギャビーは理性を失わないように必死になっていた。心の中で言葉同士が先を競い、滑らかに出てこない。何よりも、彼に飛びかかりたかったが、彼の穏やかな表情を見て、ギャビーはそんな衝動を押しとどめた。

「君とベッドをともにしたい僕の気持に、君は異議を唱えるつもりかい？」ベネディクトは片方の手をギャビーの髪に差し込んだ。

「あなたがあんな陳腐な口実を使うとは思っていなかったわ」ギャビーは怒ってベネディクトをにらんだが、彼がうなじに手を当て、顔を近づけてきたので息をのんだ。「やめて」

ベネディクトはギャビーの言葉を無視し、彼女の唇を自分の唇で覆った。体に腕を回し、自分のほうに引き寄せようとするベネディクトに、ギャビーは体をこわばらせて抵抗した。

ゆっくりと、ひそやかに体中が熱を帯び始め、ギャビーの体全体が、痛いほどベネディクトを求め始めた。彼に触れてほしい。ギャビーは唇を開き、ベネディクトの唇を迎え入れた。

怒りが欲望に変わってしまった。わずかに残っていた理性が、感情の裏切り行為に驚いている。

私をすぐにこんな気持にさせる力がベネディクトにあるなんて不公平だ。私にはどうすることもできない。本能の求める体の関係は持ちたくない。なんとしてでも愛が欲しいのだ。

ベネディクトに抱え上げられ、ギャビーは抵抗しようとした。彼は階段を上っていった。抵抗しなくては。ベネディクトはベッドルームに入り、ギャビーを床に立たせてビーズのジャケットを脱がせ、近くの椅子に放り投げた。彼女は静かに立ちつくしていた。

二つのランプの光が柔らかく鏡に反射している。鏡に映った二人の姿を、ギャビーはちらりと見やった。黒い服に身を包んだ長身の男と、赤い服を着た細身の女。ギャビーは彼の熱い視線に縛られていた。二人は器用に、お互いの服を脱がし始めた。

あらわになったギャビーの背中を、ベネディクトの手が滑っていく。彼女の気持はさらに高まった。

ベネディクトのほうも、ギャビーの愛撫《あいぶ》を受けて冷静でいたわけではなかった。ギャビーはベネディクトのたくましい胸、引き締まったウエスト、力強い太腿の感触を楽しんでいた。

ベネディクトはギャビーをベッドに引き倒した。彼の心臓の鼓動が、彼女の心臓の鼓動と一緒に速さを増している。ギャビーはベネディクトに体を重ねた。体中の神経と細胞が、期待に息づいている。ギャビーは自分がこれまで感じた喜びを、すべてベネディクトに与えようとした。ゆっくりと、感情の高まりを一歩一歩楽しみ味わいながら、二人の体も魂も一つになる頂点まで導いていった。

二人は手と脚を絡ませたまま、横になっていた。お互いの体を軽くゆっくりと手や唇で愛撫する。二人に眠りが訪れるまで、二人の心は優しさと思いやりにあふれていた。

5

冷房のきいたビルから外に出ると、外は暑かった。舗道からの照り返しに加え、人ごみのせいでさらに暑く感じる。ランチに急ぐ勤め人たちや、店を回ってショッピングをしている老婦人たち、それに子供づれの母親たちで、町はごった返している。

シドニーは多様な文化を持った人たちが生活している活気にあふれた町だ。フランチェスカに会うためレストランへ向かうギャビーの目に、万華鏡のようにさまざまに着飾った人々の姿が飛び込んでくる。

レストランは客でいっぱいだったが、前もって予約しておいたので、支配人がギャビーを丁寧に迎え、テーブルに案内してくれた。

アイスウォーターを頼む間もなく、フランチェスカが向かいの椅子に腰を下ろした。お気に入りのエルメスの香水の香りを上品に漂わせている。

「思ったとおり、本当に道がこんでいるわね」フランチェスカはギャビーと同じアイスウォーターをオーダーした。「車をとめるのに一苦労だったわ」

ギャビーは同情の笑みを浮かべた。「町に通勤するのは最悪よ」そしてメニューを取り上げる。「注文しましょうか？」

「そうね。おなかがぺこぺこだわ」フランチェスカは本日のスープとギリシア風サラダ、そしてフレッシュ・フルーツを選んだ。

ギャビーはスープの代わりにパスタを選び、あとはフランチェスカと同じ物にした。

「今度はどれぐらいシドニーにいるの？」ギャビーは優しい笑顔で尋ねた。

フランチェスカがグラスを手に取ると、氷がかちりと音をたてた。「二、三週間だけ。そのあと、ヨーロッパに戻るわ」

相手が本当の親友だと、あまり細かいことにこだわらずに話ができる。「ローマの話を聞かせて」

フランチェスカの表情が曇った。「マリオのお母さんが、もう手術不可能なくらい癌《がん》が進行してることがわかったの」

胸が締めつけられる。ギャビーは手を伸ばし、フランチェスカの手を握った。「お気の毒に」

「お母さんが入院する前に、しばらく一緒に暮らしたの。今はもう時間の問題になってしまったわ」フランチェスカの瞳が陰った。「お母さんは全財産を私に譲るって遺言しているの」

「マリオは一人っ子だったから」ギャビーが言った。

「それでも……」フランチェスカは間を置いて続けた。「意外だったわ」

ウエイターが最初の料理を持ってきたので、話は中断された。

「あなたのほうは何か変わったことはないの？」ウエイターがいなくなるとすぐに、フランチェスカが尋ねた。

「ないわね」

「ベネディクトは魅力的で、モニークは見かけだけは上品。アナリースは性悪で、ジェイムズは相変わらず何も気づいていないというところ？」

フランチェスカの言葉どおりだ。「都合の悪いときだけ気づかないふりをしているわ」

「賢い人ね。あなたのお父さんは」

「あなたのお父さんのほうはどうなの？」

「再婚相手にお気に入りのライフスタイルを続けさせてあげるために、仕事に精力を使い果たしているわ」フランチェスカはひきつった笑みを浮かべた。

「母はといえば、次から次に男性を渡り歩き、その合間に羽を休めているわ」

二人は最初の料理を終え、サラダに進んだ。

「ドミニク・アンドレアってギリシア人？」フランチェスカが尋ねた。

「二世なの。お母さんはオーストラリア人よ」

「腹だたしい人ね」

ドミニクにはいろいろな面があるが、腹だたしいという表現はふさわしくない。「そうかしら？」

「それに傲慢《ごうまん》だわ」

それは言える。ただし、ギャビーなら自信家という言葉を使うだろう。「今晩のディナーをキャンセルしたいの？」

フランチェスカは最後のサラダを口に運び、時間をかけてのみ込んだ。そしてフォークを皿に戻す。

「いいえ」驚くほどしっかりとギャビーを見すえた。

「楽しそうなお誘いを、断ることはないわ」

ギャビーの唇がほころぶ。「大物二人の対決ね？」

フランチェスカは何か考えがあるような表情をし

ている。「自分のゲームを楽しんでいるドミニクをやっつけたくて、胸がわくわくしてるわ」

確かにそうだ。けれども、フランチェスカに勝ち目があるかどうかわからない。

ウエイターがフルーツを運んできたので、二人はコーヒーを注文した。

「ドミニクの住所を教えましょうか？」反対するフランチェスカを説得して、ギャビーはレストランの請求書を自分のほうに引き寄せた。「それとも、迎えに行きましょうか？」

「向こうで会いましょう」フランチェスカはバッグからペンと紙を取り出し、住所を書き留めた。「六時半だったわね？」

「ええ」レストランを出ると、ギャビーはフランチェスカのキスを両頬に受け、彼女の手を握った。

「話ができてよかったわ。気をつけてね」

「そうね。じゃあ、今晩」

オフィスに戻ると、メッセージがいくつか残されていた。ギャビーは用件を一つずつ片付け、秘書に手紙を何本か口述筆記させ、それから子会社の一般経費の削減の仕事に取りかかった。もっと低いコストで購入できる業者を探すには、順序だててチェックしていかなくてはならない。

インターホンのブザーが鳴り、ギャビーはボタンを押した。「なあに、ハリ？」

「受付に荷物が届いていますけど、お持ちしましょうか？」

ギャビーは肩の力を抜き、髪を耳にかけた。「お願いするわ」

秘書はすぐに、茶色の紙に包まれた平たい箱を持って現れた。「封筒がついていますが、開けましょうか？」

そんなはずはない……でも、そうかしら？　ギャビーは立ち上がり、デスクの前に出た。「大丈夫、自分でやるわ。どうもありがとう、ハリ」

ギャビーは封筒をデスクの上に置き、包みを解いた。レオンのギャラリーで気に入っていた絵を見つけ、表情が明るくなる。

この部屋の南側の壁にぴったりだわ。カードには簡単なメッセージが書かれているだけだ。〈君のために〉そしてベネディクトのサインがあった。

ギャビーはプライベート用の電話に手を伸ばし、彼の番号を押した。

二回目の呼び出し音でベネディクトが出た。「はい、ニコルスです」

「あの絵が気に入っていたことに気づいていたのね。うれしいわ。ありがとう」ギャビーの声は喜びにはずんでいた。

「僕のオフィスまで来て、お礼を言ってくれればいいのに」ベネディクトは楽しそうに言った。ギャビーの口から、小さい笑い声がもれる。

「短い気晴らしでも欲しいの？」

「とても短い気晴らしならね。応接室で、客が待っているんだ」

「それなら、お客さまを待たせてはいけないわ」ギャビーがなだめると、ベネディクトは低くかすれた声で短く笑った。

「じゃあ今晩だね、ギャビー」

ベネディクトが受話器を置く音が聞こえた。

午後はあっという間に時間がたった。ギャビーは五時にパソコンの電源を切り、入力された数枚の手紙にサインをしたあと、エレベーターに乗って駐車場に下りた。

家に着くと、ベネディクトの四輪駆動車はもうガレージに入っていた。外で食事をするとき、ギャビーはキッチンに顔を出さずに直接二階へ上がる。

バスルームから電気シェーバーの音が聞こえてく

る。ギャビーは急いで服を脱いでシルクのローブをはおり、バスルームのドアを開けた。

腰にタオルを巻いただけの格好で大きな鏡の前に立ち、ベネディクトが髭《ひげ》をそっている。髪がまだ濡《ぬ》れたままだ。シャワーから出て間もないに違いない。「ただいま」また自分の声がかすれているのに気づき、ギャビーはいらだちを覚えた。たぶん、あと二十年もたてば、こんな姿のベネディクトを見ても体が熱くならなくなるかもしれない。

でも、それはずっと先のこと。私がまだベネディクトの妻でいればの話だ。そうでないかもしれないと考えただけでギャビーは胸が痛んだ。

ベネディクトが顔を上げ、鏡の中のギャビーを見た。「おかえり」

ベネディクトの視線が、ギャビーの唇に注がれる。

ギャビーは意を決してシャワーブースに進み、お湯を出した。ローブを脱ぎ、勢いよく落ちてくる飛沫《ひまつ》の下に立つ。シャワーから出たときには、バスルームにベネディクトの姿はなかった。

十分後、ギャビーの髪は艶《つや》が出るまでブラッシングされ、メイクアップも終わっていた。ベッドルームにあるウォークイン・クローゼットに入り、アイボリーのシルクのパンツと、ビーズの飾りのついたキャミソールを身につけ、おそろいのジャケットをはおった。ゴールドのアクセサリーをつけ、上品なイブニングサンダルをはく。そしてゆっくりと、お気に入りの香水を手首や耳元につけ、パーティー用のバッグを手にした。

ドミニクの家は港を見下ろすビューティー岬にあり、建築デザインの見本とも言えるほどすばらしい建物だった。

彼は玄関で二人を迎え、ラウンジに案内した。天井が高く、外に面した壁がすべてガラスなので広々としていて明るい。白いペンキを塗った木製のアコーディオン式のよろい戸や、分厚いクッションのついた椅子などが、カリブ風の趣を添えている。

フランチェスカの姿は見えなかった。失礼にならない程度に、わざと五分ほど遅れて現れるつもりなのかしら？

十分後、ギャビーがフルーツカクテルを飲んでいるとき、玄関のチャイムが鳴った。ドミニクは家政婦に出迎えさせた。

フランチェスカに戦略があるとすれば、ドミニクもまた彼のやり方で応酬しているようだ。

目を見張るという言葉が、フランチェスカの装いを表現するにはぴったりの言葉だった。ギャビーは親友に挨拶《あいさつ》しながら、心の中で拍手を送った。フランチェスカは穏やかな表情をしているが、ドミニクのほうを振り向く寸前、その黒い瞳がいたずらっぽく光った。

「遅れてごめんなさい」

「大丈夫だ」ドミニクが答えた。「飲み物は何がいい？」

「ミネラルウォーターをお願い」フランチェスカは格別に明るい笑みを浮かべた。「氷を入れてね」

フランチェスカは黒のドレスに身を包んでいた。夫を亡くした妻という立場を強調しているのだろうか？　まさに世界的に活躍しているファッションモデルの貫禄《かんろく》がある。長い赤毛は無造作にまとめられ、乱れた髪が少し顔にかかっている。メイクアップは完璧《かんぺき》だ。香水は例のエルメスのカレシュ。ドレスはイタリアのデザイナーのオリジナルに違いない。

ドミニクがフランチェスカの防御の壁を崩し、本当の彼女を引き出すまでに、どれぐらい時間がかかるだろうか？　または、フランチェスカがドミニクにそれを許すまでに、どれぐらいかかるだろうか？

ディナーは、気取らない料理が数多く出された。

高級なボーンチャイナの器にのせられているにもかかわらず、有名シェフの作るような料理ではない。けれども、アボカドとマンゴーの上に松の実を散らしたサラダは、芸術的な盛りつけだった。もしかしたらドミニクは、モデルはダイエットする必要があると配慮したのかもしれない。

ギャビーの知っているフランチェスカは、カロリーをほとんど気にせず、よく食べる。だが今夜は、料理をそれぞれ少しずつつまみ、デザートは断って、ブラックコーヒーの代わりにハーブティーを頼んだ。

「北のほうの郊外にあり、海が見渡せ、庭にはたくさん木がある」フランチェスカはティーカップ越しにドミニクの目を見ながら、からかうような口調で言った。

「五項目のうち三項目は正解だ」ドミニクが楽しそうに言った。「あとの二項目についても当たっているかどうか、調べてみる気はないかい？」

フランチェスカの目は落ち着いている。「離れのアトリエにガレージの中のＢＭＷね？」

「そうだ」

片方の眉が上がる。「あなたのエッチングを見に行こうと、遠回しに誘ってるの？」

「僕は絵を描《か》くのはアトリエで、愛し合うのはベッドルームでと決めているんだ」

ギャビーはフランチェスカの巧みな演技に感心した。ドミニクを見つめている視線に、まったく策略は感じられない。

「なんて……平凡なんでしょう」

「諦《あきら》めなさい、フランチェスカ。ドミニクとのゲームは、あなたには歯が立たないわ。それにガレージにあるのはＢＭＷではなくてレクサスで、アトリエは離れているけど、三台入るガレージの上にあってガラスで囲まれた渡り廊下でつながっているのよ。

「ハーブティーのお代わりは？」ドミニクが尋ねた。

「結構よ」

ベネディクトがさっと立ち上がり、謎《なぞ》めいた視線でギャビーを見た。「そろそろ失礼するよ、ドミニク」笑顔で言った。「ディナーはすばらしかった。ルイーズにそう伝えておいてくれないか？」

「とても楽しかったわ」ギャビーはバッグを取りながら言った。そしてフランチェスカをちらりと見たが、表情からは彼女の気持は読み取れなかった。私たちが帰ろうとしているのだから、フランチェスカにとっても、いとまを告げるいいタイミングだ。けれども、彼女にはそんなつもりはないようだ。ギャビーは大いに好奇心をそそられた。

きっとあわてて帰って、二人きりになるのを避けているとドミニクに誤解されるのがいやなんだわ。

「フランチェスカは自分がどうすればいいか、よくわかっているさ」電動式の門から外の通りに車を進めながら、ベネディクトが言った。


「ドミニクもね」ギャビーは眉根を寄せて夫を見た。

「それが心配なのかい？」

「ええ」ギャビーははっきり答えた。「フランチェスカが傷つくのを見たくないの」

「ドミニクが何か無理強いしてるようには見えなかったけど。それに彼女は、僕たちと一緒に帰ることを選ばなかったんだ」彼は交差点で車をとめた。

「次はあの二人の結婚式で、私たちがダンスをすることになると予言でもするつもり？」ギャビーは辛《しん》辣《らつ》な口調で言ったが、ベネディクトは抑えた声で笑った。

「そうなっても僕は驚かないね」

「マリオは……」

「彼はこの世を去った」ベネディクトは穏やかに言った。「まだ若くて美しいフランチェスカは、幸せにならなくてはいけない」

信号が変わり、車は走りだした。ギャビーは港の向こうに見える、街灯の列に目を移した。まるで絵葉書のような景色だ。これまでに何度も、この景色に心を奪われたことがある。けれども今晩だけは魅力を感じなかった。

「彼女はもう誰も愛せないと思っているんじゃないだろうね？」

ギャビーはしばらく間を置き、そしてやっと答えた。「マリオを愛したようには無理だと思うわ」

「優しさ、安定した生活、経済的な安心感は、十分愛情の代わりになりうるんだ」

胸の奥がちくりと痛み、ギャビーは息をのんだ。私たちの結婚を、ベネディクトはそういうふうに考えているのだろうか？　激しさや情熱は……私だけが感じているの？

家の中に入ると、ギャビーはすぐに二階に向かった。「着替えてくるわ」ジャグジーに入ろう。二階に上がったギャビーはそう決心した。激しく噴き出すお湯の刺激が体の緊張を緩め、心をリラックスさせてくれるに違いない。

けれども、期待したようにはリラックスできなかった。以前から潜在意識にあった疑いが、全部頭をもたげ始めてしまったのだ。

ギャビーは一つずつチェックしていった。ベネディクトは私とベッドをともにしたがっているが、私を必要としているのだろうか？　私だけを？　たぶん、そうではないと思う。私のあとがまに座りたい女性は、彼と結婚できようができまいが、数えきれないほどいるのだ。

経済的な要素を否定することはできない……私たちは二人とも。ベネディクトは、いつかは十億ドルの価値がある会社の株を相続する女性を妻にしたことになり、彼の持ち株は二倍になる。だが、逆の立場に立てば、ギャビーも同じ条件になったと言える。

安定した生活は、子供が生まれることによって強固になる。それならなぜ、私は妊娠しないように注意しているのだろう？

ギャビーは瞳を閉じた。妊娠がわかって喜んでいる二人の姿、ベネディクトの子供を宿して大きくなっていくおなか、そして乳房を吸う生まれて間もない赤ん坊の姿が目に浮かぶ。

だが、それだけではないのだ。赤ん坊はやがて成長し、まわりのこと、両親のことがわかるようになる。経済的に安定した生活という点では問題ない。けれども精神的に安定した生活となると？

離婚は精神的な外傷を与える。そして愛する父母の代わりに継母なり継父なりを受け入れなければならないとなると、さらに悲劇的な影響を与えることになる。

自分の子供は、両親が互いに愛し合っている、幸せな家庭で育ってほしい。ビジネスを発展させるための結婚には、お互いの永遠の結びつきを可能にする、大切な要素が欠けている――愛が。

片方だけが愛していても不十分だ。

「ジャグジーの中で眠るのはよくないね」

ギャビーは目を開けないで答えた。「眠っていないわよ」

「よかった。まだ、しばらく入っているのかい？」

「もう少し」

ベネディクトは何も言わなかった。たぶん、階下に下りて、ロンドンやニューヨーク、東京から送られてきた、最新の金融情報に目を通しているのだろう。

水流に肌をマッサージされていると眠くなってくる。ギャビーは子供のころのこと、母親が生きていたころの思い出、そしてジェイムズのことなどをとりとめもなく考えていた。父がモニークの言いなりになってからは……。

誰かの足が足に触れ、ギャビーはびっくりして目を開けた。ギャビーの驚いた瞳を、からかうような笑みを浮かべた黒い瞳が見つめている。

「何をしてるの？」どうして私はそんなに……ショックを受けているの？　ジャグジーに一緒に入るのは初めてではないのに。

「僕が一緒に入るのが、そんなに迷惑かい？」

「ええ」正確にはそうではない。「いいえ」ギャビーは手を伸ばせば届くところにあるベネディクトの顔から目が離せなかった。高い頬骨、シャープな顎の線、そしてセクシーな唇の形。

かすかに笑みを浮かべた唇のあいだから、真っ白な歯がのぞいている。「自信がないようだね」

ギャビーはベネディクトを見すえた。「たぶん、私には自信がないからよ」

ベネディクトが手を伸ばし、ギャビーの頬を撫《な》でた。それにつれて、たくましい胸の筋肉が動く。

かすかなコロンの香りが、ギャビーの理性を苦しめた。ベネディクトの指がギャビーの唇をなぞり始めると、彼女は目を大きく見開いた。

お願い。私をこんな目にあわせないで。

ゆっくりと辛抱強く、ベネディクトはギャビーの首を撫でて脈をはね上がらせ、防御の壁を一つずつ崩していった。

同じ手が、胸のふくらみをなぞった。そして両手でふくらみを包むようにして、その柔らかさを楽しんでいる。

ギャビーは唇を開き、半分まぶたを閉じていた。ベネディクトの支配から逃れられない。体から力が抜けていく。

ベネディクトは強い力でギャビーのウエストをつかみ、彼女を後ろ向きにして一気に自分の前に引き寄せた。ギャビーの肩の下に、ベネディクトのたくましい肩が差し込まれている。

体が熱いのはお湯のせいではない。ベネディクトの唇がギャビーの首の後ろをはっている。ギャビーはため息をつき、無言のうちに彼を受け入れていた。

ベネディクトは、女性をおかしくさせるほど興奮させてしまう愛撫《あいぶ》のテクニックを持っている。そしてもう我慢できないと私が哀願するまで、その縁にとどめておく方法も知っている。

ベネディクトだけと一緒にたどりたい官能の道を、ギャビーは進んでいた。彼が同じように感じてくれるなら、すべてをなげうっても構わない。

ベネディクトはギャビーの肩を持ち、顔を向き合うように体を動かした。ギャビーの唇を、ベネディクトの唇が覆う。

ギャビーはベネディクトの首に腕を絡ませ、髪の中に手を差し入れるようにして、頭を引き寄せた。

ギャビーの唇を味わっているベネディクトに、情熱とともに本能の力を感じる。ギャビーは力を抜き、彼の甘美なキスを味わい始めた。ベネディクトが強い欲望を抑え、舌先で自分の唇をなぞっていることを、ギャビーはよく承知していた。

ベネディクトをからかってみたい。彼がどこまで我慢できるか、自分に彼の理性を揺るがすことができるかどうか試してみたい。

ギャビーは腕を下ろし、彼の首から肩にかけて、ゆっくり愛撫していった。

胸を覆う毛を指に絡ませ、軽く引っ張る。そして解いたかと思うと、また胸毛を指に取る。

ベネディクトの肩にキスした唇を、少しずつずらしながら耳まで移動させ、耳の下のくぼみをくすぐる。そして耳たぶに唇を触れ、小さくかむ。

細心の注意を払い、彼女はベネディクトの顎にそっと唇を触れた。それから徐々に頬へ、そして両方のまぶたに移動し、鼻の稜線《りようせん》をたどっていった。

セクシーな唇に触れずにはいられない。ギャビーはベネディクトの唇の端に自分の唇を当て、軽くかみながら下唇を探って上唇に移った。理性を保つために、ベネディクトが唇に力をこめているのを感じ、ギャビーは体を離した。

ギャビーは首を横に振りながら立ち上がり、ジャグジーの外に出てタオルを取ると体に巻いた。そしてもう一枚のタオルを手にし、あいているほうの手をベネディクトに差し伸べた。

ギャビーを見つめているベネディクトの目の中に抑えつけた欲望がくすぶっている。ベネディクトは立ち上がった。

男性の証《あかし》のようなたくましい体。筋肉が滑らかに動き、まだ水のしたたる胸で、黒い胸毛が光っていた。

大理石の床に足を下ろしたベネディクトは、ゆっくりとギャビーに近づいていった。視線は彼女に当てたままだ。

タオルを求めて、ベネディクトが手を伸ばした。

だがギャビーは首を振り、彼女自身が彼の体を拭《ふ》き始めた。

ベネディクトの片方の肩を拭き、それからもう一方の肩を拭いた。それから胸に移動する。ゆっくりと注意深く、肋骨《ろっこつ》のあたりからウエスト、そして引き締まったヒップに進み、筋肉質の太腿に達した。

ギャビーは努めて何げない動作でベネディクトの後ろに回り、背中を拭いていった。彼女が触れるたびに緊張する筋肉の動きを楽しみながら。

「形のいいヒップね」ギャビーは太腿の後ろを拭きながら、からかうように言った。

「君は危険なゲームをしてるんだよ」ベネディクトが不気味なほど優しい声で言った。ギャビーは彼の正面に回った。

「そうかしら?」ギャビーは無邪気を装って言った。

「まだ終わっていないのよ」

「僕はまだ始めてすらいない」

ベネディクトの滑らかな一語一語が、かすかな震えとなってギャビーの肌を滑っていった。

ベネディクトの理性を突き崩そうとしているうちに、何か自分でもコントロールできない事態を招いてしまったような気がする。

けれども、降参するわけにはいかない。降参はしない。ギャビーはかすれた声で笑いながら、意を決した。胸からおなかにつながる黒い毛をタオルで拭き始める。

高まった男性自身は、その力と強さを証明している。そして女に喜びを与える手段を。知識と熟練したテクニックが加われば、女を狂喜させることができるのだ。

ギャビーはベネディクトのそれに目を奪われた。自ら手を伸ばし、軽く触れる。

エキゾチックなお菓子を味わうように、それを口にしてみたい。

「そんなことをしたらどうなるか、わかっているのかい？」

ベネディクトは私の心が読めるの？　彼の声はかすれ、わずかに緊張しているように聞こえた。

ギャビーは顔を上げ、燃えるような熱い視線を受けとめた。「ええ」

苦しいほどの情熱にとらえられたら、ベネディクトはどんな要求をするのだろう？　想像しただけで、ギャビーの体を震えが走った。それと同時に、不安も感じた。彼の欲望が解放されたら、どうなってしまうのだろうか？

ギャビーはつばをのみ込んだ。それだけ緊張している証だった。ギャビーの動きに目をやったベネディクトが、再び彼女の顔に視線を戻した。

「だったら、何を待っているんだ？」ベネディクトの黒く沈んだ瞳とセクシーに歪《ゆが》んだ唇が、無言でギャビーに挑戦している。

私が始めたことだ。私が終わらせなくてはならない。

ギャビーが無言で差し出した手を、ベネディクトはつかんだ。

何も言わずに、ギャビーはベネディクトをベッドルームに導いた。ベッドカバーを外し、ベネディクトのほうを振り向く。そして彼の胸に両手を当て、コットンのシーツの上に横たわらせた。

ベネディクトを喜ばせるのだ。ギャビーは彼の横にひざまずいた。

胸毛に覆われた胸を、ゆっくりと舌で愛撫していく。舌先に毛を絡ませる。男の味がした。

ベネディクトの筋肉が緊張し、短い息がもれる。ギャビーは喜びに体を震わせた。ベネディクトの気持を正直に表した彼の最も敏感な部分に手を触れると、小さくうめくような声が聞こえた。デリケートなタッチで、愛撫を続ける。それから顔を近づけ、本能の命ずるままに唇で同じ愛撫を繰り返した。

それだけではなく、ギャビーはヒップから引き締まったおなか、そして太腿の内側にも唇をはわせた。

意識的にゆっくりと顔を上げてベネディクトの顔をのぞき込むと、ギャビーは頭のピンを外して髪を垂らした。

ギャビーは小さな笑みを浮かべ、再び顔を下ろした。胸からウエストを、ギャビーの髪が触れて通る。そして彼の最も敏感な部分に喜びを与えているギャビーを、髪がカーテンのように囲んでいる。

自制心……。ベネディクトは強い自制心の持ち主だ。でも、いつまでそれがもつかしら？　ギャビーは顔を上げ、彼自身を指先でなぞった。

ベネディクトの目を見つめたまま、その手を唇に運び、指を一本ずつ含んでいく。ベネディクトの瞳に炎が燃え上がった。ギャビーは素早い動作で、ベネディクトの上に重なった。

ベネディクトはギャビーに触れようとしなかったが、瞳は黒く沈み、肌に赤みが差している。

キスしたいけれど、あえてしない。これは私のゲームなのだ。だが、どちらに勝ち目があるかは、明らかだった。

意外性だけがギャビーに残された武器だった。ギャビーは大胆にその武器を使い、ベネディクト自身に、自らをあてがった。期待を感じさせる数秒間が過ぎ、ギャビーは深く腰を下ろしていった。

自分の体内に高まったベネディクトを感じ、ギャビーは息をのんだ。それからゆっくり動き始める。物足りない感じを楽しみながら、ゆっくりと腰を動かすうちに、彼女自身が理性を失いそうになった。

ともすれば崩れそうになる自制心を保つため、ギャビーはベネディクトの肩を握り締めた。ベネディクトはギャビーのヒップを両手で固定し、下から腰を突き上げた。何度も何度も。そのリズムとともにギャビーの理性は薄れ、感情の渦にのみ込まれていった。

頂点に上りつめたギャビーの首に手を置き、ベネディクトは自分の胸に引き寄せた。

ギャビーの呼吸がベネディクトの呼吸とともに、次第に落ち着いてきた。上りつめたあとの絶頂感とは別に、征服した喜びと満足感を覚える。ベネディクトの肌は温かく湿っていて、かすかに汗の味がする。ギャビーの体の奥でベネディクトが震えるのがわかった。

女性を征服したあとで、男性はいつもこんな喜びを味わうのだろうか？　男性が指揮をとるシンフォニーが、次第に高まりながらクライマックスに達するようなものだろうか？

ギャビーは顔を上げ、ベネディクトの顔をのぞき込んだ。黒い瞳に優しさをたたえ、唇に笑みを浮かべている。

「ありがとう」ベネディクトは優しく言い、今しがたともにした愛の交換を懐かしむように、ギャビーの顔を引き寄せ、自らの唇を押しつけた。

ベネディクトの手がギャビーの背筋を下降していく。彼女を抱いたまま、今度はベネディクトがギャビーの上に体を重ねた。

アンコールは前回よりさらに激しく喜びにあふれていた。結局、自制心を失ったのはギャビーで、感情の高まりの中で声をあげたのも彼女だった。

うとうとしながら、ギャビーは自分に言い聞かせていた。喜びが賞品のゲームであれば、勝負には負けても勝つことができるのだと。

6

どうして何かが起こるときは集中して起こるのだろう? ギャビーは家に入り、キッチンに向かった。

今朝の役員会議でマックスウェル・フレモントに、子会社の再融資がなぜ会社の節税効果を大きくすることになるのか、詳しく説明してほしいと要求されたが、ギャビーはとても落ち着いていた。再融資に要するコストを考えると、最初の年の効果は小さいが、長期的に考えると、現在のやり方よりもかなりのメリットを期待できるのだ。調査は十分行ったし、具体的な数字も入念にチェックしてある。最終的に提案が受け入れられたとき、ギャビーは大いに満足感を味わったのだった。

午後にはファイルのしまい場所が間違っていたことで面倒が起こり、パソコンも故障した。帰宅の途中では、後続の不注意な車がブレーキを踏むのが間に合わず、ギャビーの車のテールランプを壊し、車体にまで少し傷をつけてしまった。保険会社の損傷査定があるので、ベンツはしばらく使えなくなる。そしてそのあとは、修理工場に持っていかなくてはならない。

ドレスアップして資金集めのパーティーに出席するより、プールでしばらく泳ぎ、外のテラスで食事でもしていたい。しかし、このパーティーは有名な年中行事で、ベネディクトはずっと前にパーティー券を購入していた。気が進まないというだけでは、出席を断る理由にはならない。

今にもベネディクトがガレージに車を乗り入れ、ベンツの壊れたテールランプを見て説明を求めてくるに違いない。

「何があったのか、話してくれないか？」

さあ、始まりよ。ギャビーはベネディクトに目をやり、天井を仰いだ。「車が渋滞してて、後ろの車を運転していた人が携帯電話に夢中になってたの。信号が変わって私がブレーキを踏んでも、彼は踏まなかったというわけ」ギャビーは要約して話した。「名刺を交換して、保険の内容をお互いに説明しておいたわ」

ベネディクトはギャビーに歩み寄り、彼女のうなじに手をやった。「頭痛は？　むち打ちの症状は何も出ていないのかい？」

「大丈夫」心配してくれるのはありがたいが、あまり近寄られると、落ち着きを失ってしまう。「渋滞してて、車のスピードは出ていなかったから」

「今晩のパーティーはやめようか？」

ギャビーはベネディクトの目をのぞき込んだ。

「ええ、と言ったら？」

「電話をして、今晩は家にいる」

「それだけでいいの？」片方の眉を上げる。「私にそんな力があるとは思っていなかったわ。私がこの力を悪用するかもしれないって、心配じゃない？」

ベネディクトはギャビーのうなじに置いた手を彼女の顎に添えて軽く持ち上げ、顔をのぞき込んだ。

「君はそんな女性じゃないよ、ギャビー」

この瞬間、ギャビーは細々したことを考えるのがいやになってしまった。「何時に出かけるの？」

ベネディクトは手を離し、冷蔵庫に歩み寄った。

「七時だ」

あと一時間ある。ゆっくりシャワーを使おう。

ギャビーはベッドルームに入ると服を全部脱ぎ捨て、バスルームに入ってシャワーを浴び始めた。

気持がいい。数分後、シャンプーを洗い流したあとも、背中にシャワーを当てたままにしていた。香りのいい石けんが、新鮮な気分にさせてくれる。ギャビーは髪を後ろにかき上げた。

シャワーブースのガラスドアが開き、ベネディクトが入ってきた。彼の裸体を見ただけで体の奥に火がついたが、ギャビーはそれをもみ消した。「もう終わるわ」体の中はゆっくりと燃え始めているのに、よく落ち着いた声でしゃべれるものだ。

もしかしたらベネディクトは……いや、そんな時間はない。パーティーに遅れないためには……。

ベネディクトが背後に回るあいだ、ギャビーは無意識に呼吸を止めていたが、彼の手が肩に置かれると同時に息をはき出した。力強い手が、ギャビーの肩をマッサージし始める。気持がよくて、ギャビーは小声で礼を言った。

ベネディクトがこわばった筋肉をほぐしているあいだ、ギャビーは首を前に垂れ、体の力を抜いていた。動きたくない。

「今朝の役員会議ではフレモントがやけに君につっ

かかっていたね」

「彼が質問してくるとわかっていたから、準備はしておいたの」

「よくできていたよ」

「経営者の家族の一員だということを、有利だと思わない人間だっているわ」

「有利なことなのかい？」

「あなたこそ、そう思っていなかったじゃない」

ベネディクトの手はマッサージを続けている。

「僕の父は強い権力を持った人だったから、同じ土俵で闘いたくなかったんだ」

「でも、お父さまが望んだ道に進んだわ」

「いずれは僕がこの仕事を継ぐものと、誰も信じて疑わなかった」

そう、時間の問題だけだったわ。それは運命の仕業だったのかもしれない。もしコンラッドが生きていたら、ベネディクトはまだアメリカにいただろう。そしてベネディクト・ニコルスとギャビー・スタントンの結婚は実現していなかった。冷静に考えればそういうことになる。

ギャビーは頭を上げ、ベネディクトから離れた。

「もう用意しなくちゃ」シャワーブースから出るギャビーを、ベネディクトは止めなかった。

髪を乾かしてセットするのに十五分、それからメイクアップを仕上げるのに十五分かかった。ギャビーがその夜選んだドレスは、細い肩ひもしかない、体にぴったりした黒のドレスだった。黒い長い手袋、宝石、黒いストッキング、ピンヒールのイブニングサンダルが豪華さを添えている。お気に入りの香水をつけて支度は終わった。

ベネディクトは何を着ていても、いや、着ていなくても、必ず女性の目を引きつけた。真っ白のシャツに黒のタキシードを着たベネディクトは実に魅力的だ。

ベネディクトを見たギャビーの脈拍がまた速くなった。体の奥で燃え上がった小さな炎が、少しずつ体の隅々にまで広がってくる。

さっきまで一緒にシャワーを使っていたのに今、服を着ているときのほうが、さっきよりずっと感じやすくなっている。

そんな気持を吹き飛ばすために、ギャビーは両手を広げ、ベネディクトの前でくるりと回ってみせた。

「どうかしら？」

目からは感情が読み取れないが、ベネディクトの唇に大きな笑みが浮かんだ。

無造作に髪をまとめるより、肩に垂らすべきだったかしら？　黒で統一したのは強烈すぎたかしら？

「すばらしいよ」ベネディクトは、ギャビーの緊張した表情の下に安堵《あんど》の色が浮かぶのがわかった。

「パーティーに行く前には、お世辞を言ってもらうのが一番だわ」ギャビーは明るい声で言うとベネディクトに背を向け、バッグを取りに行った。

パーティー会場はきらびやかに飾りつけられ、DJが静かなムード・ミュージックを流していた。制服を着たウエイターとウエイトレスがドリンクのオーダーを取って回っている。

チケットが全部売り切れたと、委員会のメンバーの女性が、ベネディクトとギャビーをテーブルに案内しながら、うれしそうに話してくれた。

アナリースもパートナーを連れてくるかもしれない。ギャビーがかすかな希望を抱いて表情を明るくしたとたん、そのアナリースがほかならぬドミニク・アンドレアに腕を取られて現れた。この二人ほど似合わないカップルはいない。でも、フランチェスカはどうなったのかしら？

「頭痛がするそうだ」アナリースを自分の右側に座らせたドミニクが、ギャビーの隣に座りながらささやいた。「アナリースの相手は遅れるらしい」

ギャビーの唇に笑みが浮かんだ。「私の心の中が読めるのね？」

「君の反応は予期していたよ」

「私って、そんなに単純かしら？」

ドミニクの顔に、ゆっくりといたずらっぽい笑みが浮かんだ。

「遠回しな言い方は苦手でね」

そうね。でも決断力はあるわ。ギャビーはフランチェスカのことを思って笑みを浮かべた。ドミニクがフランチェスカを追うと決めたら、彼女に逃げおおせるチャンスはない。

「彼女には大いに興味をそそられた」

ギャビーの笑みが顔に広がる。「そうだと思ったわ」

「応援してくれるかい？」

「もちろんよ」

ジェイムズとモニークが向かい側の椅子に腰を下ろして挨拶《あいさつ》を交わしたあと、飲み物を注文した。

ロイヤルブルーのドレスとおそろいのジャケットを身につけたモニークは人目を引いた。サファイアとダイヤをちりばめたネックレスとブレスレットが優雅に輝き、右手にはめた大きなサファイアとダイヤをあしらった指輪のせいで、結婚指輪の高価なダイヤすら影が薄く見える。

アナリースのドレスは深いグリーンのシルクでできていて、体の線をはっきり表しているうえに、きわどいところまでわきにスリットが入っている。

残りの二カップルも席についたところでパーティーの始まりの音楽が流れ、続いて慈善団体の委員長が挨拶を始めた。

オードブルのシュリンプ・カクテルが出された。食事のあいだ、静かな音楽がバックグラウンド・ミュージックとして流れている。

メインコースはマンゴー・ソースをかけたグリル

ド・チキン・ブレストで、野菜が添えられている。

白ワインを少し飲んだので、リラックスしてきた。ギャビーは、慈善団体の趣旨を褒めたたえ、このパーティーで集まった資金の額を披露し、寄付をしてくれたスポンサーたちに礼を述べているホストの話に耳を傾けた。

長身の男性が、アナリースの隣のあいていた椅子に腰を下ろした。ホストの話が終わると、アナリースがその男性をテーブルのみんなに紹介した。

紹介する必要などなかった。アーロン・ジェイコブは有名なファッションモデルで、人気のあるテレビ番組でも、スターとして活躍している。

女性の憧《あこが》れの男性。女性たちは完璧《かんぺき》な男性の見本として彼を賞賛しているのがわかる。残念なことに彼は自惚《うぬぼ》れが強く、靴下をはき替えるように女性を取り替えるという定評があった。

明日の新聞には、アナリースとアーロンのカップルの写真が掲載されることは間違いない。それが二人の狙《ねら》いでは？　意地悪く考えちゃだめ。ギャビーはワインを飲みながら自分を諭した。

音楽のボリュームが上がり、ＤＪがダンスを始めるようお客たちを誘った。それを合図に客たちはダンスフロアに進んだり、お互いのデザイナーブランドのドレスを見せびらかすために、あちこちの知り合いのところを回り始めた。

「ワインのおかわりは？」

ギャビーはベネディクトのほうに顔を向けた。

「お水をいただきたいわ」

ベネディクトが物問いたげに、片方の眉を上げた。

ギャビーはまばゆいほどの笑みを浮かべた。「帰りは、私に運転してほしいんじゃないかと思って」

「思いやりがあるんだね」ベネディクトの言葉には皮肉っぽい響きがこめられていた。夜の食事の席ではベネディクトがワインをグラス一杯しか飲まないことをギャビーは知っているので、そんな心づかいは無用なのだ。

「そうでしょう?」

「ベネディクト」

モニークが二人の会話に割って入った。「水曜日の夜の、《オペラ座の怪人》のチケットが取れたの。二人とも私たちと一緒に見に行かない?」

これは偶然だろうか? 私とベネディクトが、フランチェスカとドミニクを招待している夜のチケットを、モニークも手に入れていたなんて。

「ありがとう、モニーク。僕もそのチケットは持っているんです」

「じゃあ、ミュージカルが終わったあとで、食事でも一緒にしましょうよ」

家族が集まるのはいいことだけれど、モニークにすべてを仕切られるのは考えものだ。

「残念ながら、ほかに予定があるんです」

「アナリースとゲイブリエルは仲がいいのに、めったに会えないのよ」モニークはさも残念そうな響きをこめ、とどめの言葉を続けた。「アナリースが家にいるあいだに、できるだけ会わせてやらないとかわいそうだわ」

まあ、なんてお芝居が上手なんでしょう。ギャビーは息を止めてベネディクトの返事を待った。

「別の機会にしましょう、モニーク」

「じゃあ家族だけのディナーにいらっしゃいな。月曜日か火曜日のどちらかあいてる日に」

「ギャビー、どうする?」

そう、私に押しつけるのね。ディナーを断るのは不可能だ。どちらかの日に決めるしかない。「月曜日に喜んでうかがうわ」失礼にならないようにつく嘘《うそ》も本当の嘘なのだろうか? そうだとしたら、私はひどい女だ。でも父のために嘘をついているのだからきっと許されるわ。

「踊ろうか?」

さあ、大変。ベネディクトと踊るのはうれしいが、危険が伴う。「ありがとう、ダーリン」ギャビーは立ち上がり、ベネディクトに導かれてダンスフロアに進んだ。

セリーヌ・ディオンの歌の胸を刺すような歌詞が女性の希望や夢と重なる。

いつものように、ギャビーの体はベネディクトの体とぴったり触れ合っている。彼の首に両腕を絡ませたい衝動にかられる。

私がどう感じているか、彼は知っているのだろうか? 彼は酸素のように大切なもの、私の望むものすべて、必要なものすべてなのだ。それはある意味では恐怖でもある。彼をなくしてしまったら、私はどうなってしまうのだろう?

「寒いのかい?」

ギャビーは顔を上げ、わけがわからずにベネディクトを見つめた。

「震えているよ」

しっかりするのよ、ギャビー。彼女は勇気を奮い起こし、笑みを浮かべた。「ちょっと疲れただけ」

「テーブルに戻ろうか?」

「体力をキープしておくべきかしら?」

ベネディクトはギャビーをダンスフロアの端に導いた。「明日は土曜日だ」

ギャビーは瞳を輝かせてベネディクトを見た。

「一時間ほど朝寝坊をして、テラスで遅い朝食でもとることにする?」

「朝早く起きてテラスで朝食をとり、空港までドライブしよう」

「どこかへ逃げ出すの?」ギャビーは喜びのまなざしでベネディクトを見た。「私たちだけで? どこへ行くの? だめ、言わないで。誰かが盗み聞きしてるといけないから」

、「大丈夫さ」ベネディクトが耳元でささやいた。

二人がテーブルに戻るとデザートが出され、続いてコーヒーとミントが運ばれてきた。

アナリースはアーロンとダンスフロアへ行き、カメラマンの前で何度もポーズをとっている。

「踊ってくれるかい？」

ギャビーはドミニクを見上げ、立ち上がった。ジェイムズと話し込んでいたベネディクトがギャビーを振り返り、笑みを浮かべた。

「ベネディクトは奥さんのダンスの相手にやかましいからね」

ギャビーは驚いた目でドミニクを見た。彼はギャビーをダンスフロアに導き、そっと腕を回した。

「僕の言葉が信じられないのかい？」

どう答えたらいいのだろう？　ギャビーはあいまいに明るい声で笑った。

二人はダンスフロアを一周し、それから二周したところで、アーロンとアナリースに誘われてパートナーを交替した。

ギャビーは笑顔でアーロンの腕に移ったが、強く抱き寄せられて、笑顔を曇らせた。

「僕の番組を見てる？」アーロンは当然のように尋ねた。

「いいえ、見ていないの」ギャビーは強いて残念そうに言ったが、そうは聞こえなかった。

「テレビは見ないの？」

アーロンの鼻を明かしてやりたい衝動を抑えられない。「もちろん見るわ。おもにニュースとかドキュメンタリー番組を」

「君は頭がいいんだ」

ギャビーは褒められているのかどうか確信が持てなかった。「誰だって一つは頭を持っててよ」

「僕たちのビジネスでは、頭より体の手入れが大切なんだ。目に見えるものだからね。わかるかい？

栄養、フィットネスジム、美容コンサルタント、ヘア・スタイリストを駆使して、欠点をカバーするんだ」

「大変な努力ね」

「そうなんだ」アーロンは身震いしてみせた。「来週、ロスに行くことになってる。映画に出ないかって誘われててね。大当たりするかもしれない」

ギャビーはできるだけ心をこめて言った。「頑張ってね」

「ありがとう」

「代わってもらえるだろうか？」

穏やかなベネディクトの口調に、かすかに棘《とげ》が感じられる。

「もちろん」アーロンはあっさりとギャビーをベネディクトの手に渡した。

「興味深い話の途中だったのよ」ベネディクトに引き寄せられながら、ギャビーが笑顔で言った。

「興味深いってどういうふうに？」

「体毛にワックスをかけるの。彼の」

「それはまたずいぶん、打ち明けた話だね」

ギャビーは吹き出したい気持を必死で抑えた。

二人はダンスフロアを一回りした。ダンスを踊りながら、素肌を触れ合わせたい、激しいキスがしたいと言ったら、ベネディクトはなんて答えるかしら？

「ダーリン、ゲイブリエル。私も義理のお兄さまと踊ってもいいころじゃない？」

だめよ。それに、ベネディクトはあなたの義理の兄じゃないわ。少なくとも法律上は。だが、そんな言葉は出てこない。ギャビーはおとなしくドミニクの手に移った。

「出し抜かれてしまったよ」ドミニクがギャビーの耳元でささやいた。ギャビーは諦《あきら》めたように笑みを浮かべた。「もう一回りして二人に割り込み、べネディクトと代わってあげようか？」

「大丈夫よ」

数分後、ダンスの休憩があり、みんなはテーブルに戻った。

ギャビーはバッグを持つとテーブルを離れ、化粧室で化粧を直そうと会場の外に向かった。

多くの客が会場の外に出てたばこを吸っている。化粧直しを終えたギャビーは、次から次に知り合いにつかまって言葉を交わしたあと、やっと会場に戻ろうと歩きだした。

「こんなところにいたのね、ダーリン」アナリースが満面の笑顔で言った。「私が救援隊に出されたのよ」

「誰に？」

アナリースは驚いたように、大きく目を見開いた。

「ベネディクトに決まってるじゃない」

「わずか十分ほど席を離れただけで、救援隊を出したりしないわ」ギャビーは落ち着いた声で言った。

アナリースは、マニキュアを塗った自分の指先を見つめた。

「ベネディクトは所有物を守りたいのよ」

攻撃は最大の防御なり。だがギャビーは、戦略的に避ける道を選んだ。「そうよ」

「気にならない？」

「何が？」

「お金持が集めてる、高価な装飾品の一つみたいに思われていることよ」

ギャビーは片方の眉を上げ、愛らしい笑顔を作った。「逆の情況を考えたことはないの？　私には、わがままを聞いてくれる気配りの行き届いた夫がいるというふうに。彼は魅力的で、知名度が高くて、ベッドでもすばらしいわ」ギャビーの笑みが顔中に広がった。「私は完璧な選択をしたと思っているの」

アナリースの瞳に一瞬、怒りの炎が燃え上がったが、彼女はすぐにそれを隠した。「ちょっと神経がとがっているみたいね、ダーリン？　あれの前でいらだってるのかしら？」

「妹にいらだってるのよ」アナリースの怒りの炎に、もっと油を注いでやりたい。「会場に戻りましょうか？」

「化粧室へ行ってくるわ」

「じゃあ……」ギャビーは立ち止まり、軽く肩をすくめた。「先に戻ってるわ」

ベネディクトはドミニクと話し込んでいた。アーロンとモニークは楽しそうにしゃべっている。ジェイムズは傍観者でいることに満足しているようだ。

ギャビーは父親の隣の、あいている椅子に座った。

「コーヒーでもどうかね？」

ギャビーは首を横に振った。「ダンスに誘ってくれてもいいのよ」

ジェイムズの顔に笑みが浮かんだ。「かわいいギャビー、これは光栄だね」ジェイムズは立ち上がり手を差し伸べた。「楽しんでるかい？」

ギャビーは踊りながら父親の質問の意味を考え、逆に問い返した。「お父さんは？」

「こういうパーティーは、いろんな面で利用できるとモニークに言われてね」

「お父さんだって、たまには人との付き合いから離れる必要があると、モニークは思っていないみたいね」ギャビーがからかうように言うと、ジェイムズは小さく笑った。

「パーティーはむしろ女性がドレスを買ったり、美容室だなんだと半日を費やす口実のようだな」

「男性はビジネスにも利用できるから、女性にそれを許してるんだわ」

ジェイムズは感心したようにギャビーを見た。

「今のは皮肉かい？」

「たぶん」

「ベネディクトはおまえを崇拝しとるね」

尊敬とか愛情とかいう言葉ならわかるが、崇拝というのは言いすぎではないだろうか？「とてもよくしてくれるわ」

「彼がおまえの面倒を見てくれると確信していなかったら、この結婚を認めてはいなかったさ」

音楽が次の曲に変わるあいだに、ギャビーと父親はテーブルに戻った。

アナリースはベネディクトの隣の椅子に座り、モニークはドミニクと話をしている。アーロンの姿は見えない。椅子取りゲームみたいだわ。そう思いながら、ギャビーはあいている椅子に腰を下ろした。

客たちは次第に散らばり始めている。三十分もすればバーコーナーは終わり、音楽もおしまいになる。もうすぐ客たちは会場を出てエレベーターでロビーに下り、ドアマンに車を呼んでもらうよう頼むのだ。

ベネディクトが顔を上げ、ギャビーを見つけると片方の眉をかすかに上げた。そしてよどみない動作で、アナリースのそばから離れた。赤くマニキュアを塗った片方の手が、ベネディクトのジャケットの袖《そで》を滑り落ちた。そしてアナリースははにかんだように笑みを浮かべ、マスカラを塗ったまつげをしばたたかせた。

平気だわ。ギャビーは自分に言い聞かせた。しかし、平静ではいられなかった。

ギャビーはロビーに下りるまで、終始、笑顔を浮かべていた。そしてモニークとアナリースに軽いキスをし、ジェイムズの頬にキスし、ドミニクとアーロンにはおやすみなさいを言い、ベントレーの助手席に体を滑り込ませた。

ベネディクトは大通りまでゆっくりと車を進め、車の流れに乗るとスピードを速めた。

ギャビーはシートの背にもたれ、町の景色を眺めていた。町の中心部では、店のショーウインドーは明るいネオンサインや照明で彩られているが、郊外に入ると、シャッターが下ろされていたり、照明がほとんど消されたりしている。ニュー・サウス・ヘッド道路を進むにつれ、港が見えてくる。暗い水に街灯が映って光のリボンを作っていた。

「おとなしいんだね」

ギャビーは陰になったベネディクトの横顔を見つめた。「騒々しい音楽とおしゃべりのあとで、静かな幸せを楽しんでいたの」それは本当だ。けれども、そんな言葉に、ベネディクトはごまかされはしないはずだ。「何か話したいことがあるのなら……」ギャビーは語尾を濁らせ、軽く肩をすくめた。

「アナリースのことだろう?」

ベントレーは自宅のある通りに進み、電動式のドアの前でスピードを落とした。そして敷地の中に入るとカーブしたドライブウェイを進み、ガレージの中で停止した。

ギャビーはシートベルトを外して車から降りた。ベネディクトが動きを見守っているのがわかる。彼はアラームを解除してギャビーのあとから家に入り、アラームを再びセットした。そしてギャビーを居間に連れていった。

「何か飲むかい?」

ギャビーはベネディクトの様子をうかがっていたが、やがて明るい声で言った。「シャンパンがいいわ」

ベネディクトはバーカウンターに歩み寄って冷蔵庫からシャンパンを取り出し、二つのシャンパングラスに注いだ。そしてギャビーのところに戻った。

ギャビーはグラスを受け取り、無言で乾杯の動作をし、口に運んだ。「アナリースの何について話がしたいの?」

ベネディクトの感情はまったく読み取れない。少しは感情を抑制できたと褒めるふりをして本当は非難したいのか、それとも本当に私の自制心を褒めてくれようとしているのか、まったく見当がつかない。

「アナリースが問題を起こすつもりでいることについてだよ」

ギャビーは大きく目を見開き、片手を胸に当てた。

「まあ大変。それは知らなかったわ」

「ふざけるのはやめるんだ」

「ふざけてるってわかった？」

「やめないか、ギャビー」

「どうして？」

「今のうちにやめておいたほうがいい」

「わかったわ。どちらのシナリオか選んで。アナリースはあなたを求めていて、あなたも彼女を求めている。アナリースはあなたを求めていて、あなたは求めていない」

「後者だ」

ギャビーは無意識のうちに止めていた息を、ゆっくりはき出した。「それなら、安心したわ。あなたのイニシャルを刺繍《ししゅう》したタオルを捨てたり、あなたの手縫いの靴を壊したり、あなたのスーツを全部切り裂いたりする場面を想像しなくてすむわ」ギャビーはこわばった笑みを浮かべたが、瞳には弱々しさがあらわになっている。「あなたが離婚を決意したら、すごくいやみな女になるつもりでいたの」

ベネディクトの瞳が輝き、低い笑い声がもれた。

「笑うようなことじゃないわ」

「そうだね」

「じゃあ、笑わないで。私は真剣だったんだから」

ベネディクトはシャンパンを飲み干し、近くの台の上にグラスを置いた。「僕がアナリースのような女性を好きになり、いろいろ挑戦して喜ばせてくれる生意気な女性と離婚しようと考えているなんて、いったいどこから思いついたんだ？」ベネディクトはギャビーのグラスを取り上げ、彼のグラスの横に置いた。そしてギャビーを抱き寄せた。

ギャビーが口を開く前に、彼女の唇はベネディクトの唇に覆われていた。フランスの年代物の甘いシャンパンの味がする。ギャビーはベネディクトの求めるものすべてを惜しみなく与えた。求められている以上に与えた。二人の気持は限界まで上りつめていった。

「今、ここで君が欲しい」ベネディクトはギャビーの喉を唇でなぞりながらつぶやいた。頭をのけぞらせたギャビーの喉元から豊かな胸のふくらみのほうへ、ベネディクトの唇が下降していく。

ベネディクトはギャビーの片方の手袋を脱がせた。ギャビーの小さな笑い声がもれる。そして彼女の体を肩に担ぎ上げ、ベネディクトは居間から廊下へと歩きだした。

二階に上がると、ベネディクトはベッドルームに入り、ギャビーを床に立たせた。

「僕の服を脱がせたい？」

ギャビーの瞳がきらりと輝いた。「あなたが自分で脱いだほうが早いわ」

「そんなに焦っているのかい？」

「ええ」ギャビーは正直に答えた。二人の服が、カーペットの上に重なって落ちていく。

最初は激しく燃えた。それからゆっくりと時間をかけて、お互いの飢えを満たしていった。

燃えつきたあと、ギャビーはベネディクトの胸に頭を預け、頬の下の鼓動を感じていた。

「あなたと別れるなんて、耐えられないわ」ギャビーはつぶやいた。うとうとしながら、ベネディクトの言葉を本当に聞いたのか夢だったのか、はっきり覚えていない。

「何を根拠に、別れるかもしれないなんて考えるんだい？」

7

クイーンズランド州のゴールド・コーストは、シドニーから北に飛行機で一時間弱のところに位置している。プライベートに空港の使用を許されているスタントン・ニコルスの社用ジェット機は、豪華な客室を備え、専用の客室乗務員も雇われている。

離陸の準備が整った流線型のジェット機は滑走路を走りだすとすぐに上昇を始め、水平飛行に移った。

「ノートパソコンは？」ギャビーはシートベルトを外しながら尋ねた。「ブリーフケースに書類は入っていないの？」

ベネディクトはシートに体を沈め、楽しそうにギャビーを見返した。「両方ともすぐ手の届くところにあるよ」

「飛行機の中で仕事をするつもりなの？」

「そうしてほしいのかい？」

「とんでもない」ギャビーの瞳が、いたずらっぽく光った。「一時間もあなたの注意を完全に引きつけておけるなんて、そうあることじゃないもの」ベネディクトの片方の眉が上がるのを見て、ギャビーは続けた。「私一人のために、ベッドルーム以外の場所で」言葉でどう表現していいかわからなくなり、両手を広げる。「これぐらいでやめておくわ」

「それがいい」

「コーヒーをお持ちしました、ミスター・ニコルス。ミセス・ニコルスはジュースでしたね？」

「ありがとう、メラニー」

タイミングよく客室乗務員が笑顔で現れ、コーヒーとジュースをそれぞれに注《つ》いだ。「コックピットにいますので、ご用のときはブザーを押してください」

ギャビーはオレンジジュースのグラスを取り上げ、口に運んだ。「あなたと父が扱ってる、ギブソン・エレクトロニクス社との契約の内容を教えてくれないかしら？」

ベネディクトの説明を聞いたあとで、二人はさまざまな点について話し合った。

「大変だけど、見込みがあるわね。成功しそう？」

「ギブソンは、スタントン・ニコルスのアジア市場での高い評価を必要としている」

「お返しに私たちは、ギブソン・エレクトロニクスから分け前をもらうのね」

ビジネスとはそういうもの。お互いの会社がつながりを持つのは当たり前のことなのだ。そうでなければ、ベネディクトの妻になることもなかったかもしれない。

シートベルト着用のサインがつき、ジェット機はクーランガッタ空港に向けて下降し始めた。

空港では車が待っていて、少ない荷物をトランクに積み替えるのに二、三分しかかからなかった。ベネディクトがパイロットに手を振り、車の運転手と話をしているあいだに、ギャビーは助手席に乗り込んだ。ベネディクトが車の前を回り、運転席に座る。

ゴールド・コーストはオーストラリアの観光のメッカだ。見渡す限りに続くビーチ、打ち寄せる波、金色の砂、立ち並ぶ高層ビル、近代的なショッピングモール、そして亜熱帯気候といったさまざまな要素が一緒になり、リゾート地として高い人気を得ている。テーマパーク、カジノ、ホテルなどもあり、運河や高級住宅地の開発に伴い、著名人の別荘なども造られるようになった。

ギャビーは気楽な雰囲気と広々とした住宅地が気に入っていた。暮らしやすい町だ。ベネディクトは北に向かう道路に車を進めた。

海に面して、たくさんのマンションが建ち並んでいる。空気は暖かく、太陽が輝き、紺碧《こんぺき》の空を背景に、椰子《やし》の葉が風にそよいでいる。

ギャビーの表情には喜びがあふれていた。パラダイスだわ。それにベネディクトがいる。両方とも、この二日間は私のものだ。

ベネディクトの両親は、マーメイド・ビーチのヘッジズ・アベニュー沿いに高級住宅が建ち並んで地価が高騰する前に、浜辺に面した広い土地を購入し、三階建ての別荘を建てていた。

ベネディクトが車をとめ、電動式の門が開くのを待っているあいだ、ギャビーの唇から喜びのため息がもれた。彼がリモコンでガレージのドアを開ける。

車が三台収容できるガレージの奥は娯楽室になっていて、そこからテラスのついたプールに出ることができる。二階にはオフィス、居間、キッチン、そしてダイニングルームがあり、三階には二人の寝室とゲスト用の寝室が三部屋、それからバスルームが二つあった。

各階は、幅の広い手すりのついたらせん階段でつながり、らせんの真ん中の空間に、三階の天井からシャンデリアがつるされている。その先端は、一階の娯楽室の床にほとんど届きそうなくらいだ。夜、豪華なシャンデリアが光り輝く様子は壮観としか言いようがなかった。

「学校が休みに入った生徒みたいにはしゃいでるね」三階に向かいながら、ベネディクトが言った。

「この家が気に入ってるの」ギャビーは振り返ってベネディクトを見た。

「今日は何をすればいいか、君が考えて」

「まあ、責任重大ね」ギャビーは瞳を輝かせ、考えるふりをした。「あなたをテーマパークに引っ張り出そうかしら？　クルーザーを借りて運河に出てもいいし、プールサイドで日光浴もいいわね。それとも、映画でも見ましょうか」愛くるしい笑みを浮かべる。「それとも、ものわかりのいい妻になって、ゴルフでも勧めてみようかしら」

ベネディクトは手を伸ばし、ギャビーの頬に軽く触れた。「交換条件は？」

「ディナーをどこにするか、私が選ぶわ」

「わかった」ベネディクトはギャビーに短くキスした。「そのあとでショーか映画を見に行こう」

「私が荷物を片付けるから、ゴルフ場に電話をするといいわ」ギャビーには考えがあり、それを実行するつもりでいた。「四輪駆動車を使う？　それともセダンにする？」

「四輪駆動車にするよ」

ギャビーが買い物袋を五つ持って家に戻ってきたときは、もう正午近くになっていた。袋の中身を手際よく冷蔵庫と食料貯蔵棚にしまう。

料理は特別に変わったものではないが、ソースが凝っている。ワインとフランスパンを添え、デザートはティラミスとリキュール入りのコーヒー。

五時になると、ギャビーはテーブルにレース飾りのついたリネンのクロスをかけ、皿や銀のナイフ、フォーク、スプーンを並べた。そのあとでキッチンをチェックし、三階へ上がってシャワーを使った。

今日の服装はブルーのシルクのパンツに、おそろいのシャツだ。髪は頭の上で軽くまとめた。メイクアップは控えめを心がけ、軽く頬紅をはき、薄くアイシャドーを入れ、ローズピンクのリップグロスを塗るだけにした。

六時過ぎにセキュリティー・システムのアラームが鳴り、門に続いてガレージの開く音が聞こえた。車のドアが閉まる音がして、ベネディクトが家の中に入ってくる。

ギャビーは彼を迎えるために踊り場に出た。胃のあたりが落ち着かない感じがする。

ベネディクトの黒い髪が、風のせいで少し乱れていた。紺色のポロシャツを着た肩がたくましい。数時間、太陽の下にいたせいで、日焼けの色がさらに濃くなっている。

「おかえりなさい。ゴルフはどうだったの？」

ベネディクトの体からは、男らしさと自信が発散されている。ライバルに闘いを挑んで勝利を得たので、満足していることを表しているのだ。

階段を上がってきたベネディクトはギャビーに近寄り、短いけれど誘うようなキスをした。「シャワーを使ってくるよ」

「服装は気にしないで」

ベネディクトの片方の眉が上がり、唇が歪《ゆが》んだ。

「僕のかわいいギャビー。裸で外出なんかしたら、僕は警察に逮捕されてしまうよ」

「今夜は家で食事をしましょう。私がディナーを作ったの」

ベネディクトはギャビーを見つめた。彼女が不安を懸命に隠そうとしているのがわかる。「十分で下りていくよ」

ベネディクトは九分で下りてきた。髭《ひげ》をそってシャワーを浴び、カジュアルなズボンをはいて半袖《はんそで》のシャツを着ている。

「何か飲むかい？」

ギャビーは首を横に振った。「あなたは飲んでちょうだい。私は食事のときにいただくわ」

彼女についてキッチンに入ってきたベネディクトの目に、洗って水切りに重ねられたたくさんの鍋《なべ》が映った。「プロみたいだね。おいしそうなにおいがする。隠された才能があるんだね、ギャビー？」

ギャビーは小さく笑ってみせ、ソースをなめようと伸ばしたベネディクトの手を叩《たた》いた。「味見ものぞき見もだめよ。ワインを開けてちょうだい。空気に触れさせておかないといけないから」

ギャビーは最初の料理をテーブルに運んだ。スタッフド・マッシュルームが口の中でとろける。フランスパンはかりかりに焼いてある。

メインディッシュはフィレ・ミニヨンで、ナイフを軽く当てただけで切れるほど柔らかい。野菜はオランデーズ・ソースをかけたアスパラガスと、皮つきのままゆでて切れ目を入れてガーリック・バターをはさんだベビー・ポテト、それからベビー・キャロットのグラッセ。

食事が終わり、ベネディクトは自分のグラスをギャビーのグラスと合わせ、無言で乾杯した。「どこのレストランよりもおいしかったよ」

「フランス人は食事に情熱を燃やすの。ジャックの家族に招かれて出された食事は、それはそれはおいしくて、見た目も芸術的だったわ」ギャビーは瞳を輝かせた。「私は彼のお母さんと取り引きをしたの」

「息子に手を出さない代わりに、料理を教えてもらう？」

ギャビーは笑った。「そんなところね」

「君を一目見たら、どんな母親だって息子が夢中になるんじゃないかと心配になってしまうよ」

ギャビーはベネディクトの視線をとらえた。「あなたはどうなの？　あなたはどんな女性にも夢中になることはないのかしら？

「デザートを用意するわ」ギャビーは立ち上がって二人の食器とナイフやフォークを集め、キッチンに運んだ。

二つの大きなクリスタルのボウルの中央に、艶《つや》やかで香りのいい、リキュールに浸したスポンジケーキが置かれ、その上にクリームと薄く削ったチョコレートがかけられている。ティラミスだ。

ギャビー自ら認めるほどおいしかった。

ベネディクトは椅子の背にもたれ、ナプキンをテーブルに置いた。「すばらしかったよ、ギャビー」

ギャビーは片方の肩を軽くすくめた。「いつも外で食事をしているから、家で食べるのも気分転換にいいかなと思ったの」

「片付けを手伝うよ」

「もう全部終わったわ」彼女は明るい声で言った。「コーヒーをいれるわ。映画でも見ましょう」

ギャビーはコーヒーができるとグラスに注ぎ、リキュールを垂らしてクリームを加えた。それから二つのグラスを居間に運んだ。

ベネディクトは三つあるレザー張りのソファーの一つに腰を下ろし、隣に座るように身ぶりで示した。映画は《ラ・カージュ・オ・フォール》の舞台をもとにしたコメディーで、おもしろかった。

ギャビーはゆっくりとコーヒーを飲んだ。そして飲み終えたグラスをベネディクトが受け取り、自分のグラスと一緒にサイドテーブルに置いた。

リラックスして、ソファーの背に頭を預ける。こんなふうにここにいることが夢のようだ。お客もいないし、邪魔をする者もいない。

ベネディクトがギャビーの肩に腕を回し、自分のほうに引き寄せた。彼の息が髪を揺らしている。ベネディクトがリモコンで部屋の明かりを消したが、ギャビーは逆らおうとしなかった。

テレビの画面の光と、玄関ホールからもれてくるシャンデリアの明かりしかない。ベネディクトはリモコンを使って、シャンデリアの明かりを落とした。

ベネディクトの手がギャビーの胸に当てられ、唇が彼女のこめかみのあたりをさまよっている。

ギャビーはベネディクトの腿に手を置いたまま、動かないでいた。

ときどきベネディクトの手が胸の上をさまよい、ギャビーの脈拍は次第に速くなった。体の芯《しん》が熱くなっている。

ラプソディーに向けての時間をかけた前奏曲——

これが終われば勢いが増し、一気に頂点にかけ上るだろう。

　ギャビーがもうこれ以上我慢できないと思った瞬間、ベネディクトはギャビーを優しくなだめ、彼の気持がギャビーと同じように高まるのを待って、一気に彼女を歓喜の渦に放《ほう》り投げた。

　ギャビーはベネディクトの胸に顔を寄せたまままつぶやいた。愛してるわ《ジュ・テーム》、いとしい人《モナムール》。ベネディクトが彼女の言葉を聞いたかどうかは確かではない。


　翌朝、二人は早起きし、ビーチをのんびりと散歩した。そのあとで水着に着替え、海で泳いだ。

　水は冷たく、波は穏やかだった。二人は走って家に戻り、シャワーで塩水を洗い流し、カジュアルな服に着替えてテラスで朝食をとった。

「山までドライブをするというのはどうだい？」

　ギャビーはコーヒーをすすり、カップを両手で抱くようにした。ピクニック・ランチと壮大な景色が目に浮かぶ。「電話を待ってるんでしょう？」

　ベネディクトはギャビーを見つめたあと、軽く肩をすくめた。「電話は車の電話に転送するようにして、ブリーフケースとノートパソコンは後ろの座席に置いておけばいい」

　ベネディクトが週末をフルに休めることは珍しい。いつもは書斎のパソコンの前に座り、インターネットで世界中の金融市場をチェックしている。自分の楽しみより社交のほうを優先させ、その社交の場ですら、ビジネスが話題にされるのだ。

「出かけましょう」ギャビーはコーヒーカップを置き、立ち上がった。「サンドイッチを作るわ」

　ベネディクトがギャビーの腕をつかんだ。「途中で何か買えばいいよ」

　そのとき、電話のベルが鳴った。ギャビーの動きが止まる。ベネディクトは電話に出るために、家の中に入った。今日の楽しみは消えてしまったわ。ベネディクトは厳しい声で話しながらメモを取り、その紙を折りたたんでシャツのポケットにしまった。

すてきな計画だったのに。ギャビーは食器をトレーにのせ、キッチンに運んだ。諦《あきら》めなくちゃいけないなんて残念だわ。

でも、がっかりした様子を見せるのはよそう。彼女は心に決めた。「書斎にコーヒーを持っていきましょうか？」

ベネディクトは鋭い目でギャビーを見た。「一時間もかからないと思う。それから出かけよう」

「手伝いましょうか？」

ベネディクトは短くうなずき、ギャビーは彼に従って書斎に向かった。

すでに書類が届いている。ベネディクトはそれを取り上げ、デスクに歩み寄った。ノートパソコンが立ち上げられ、作動し始める。

二人は並んで仕事をした。書類ができ上がるとチェックし、アメリカに送った。

「これでよし。さあ、出かけよう」

五分後、ベネディクトは四輪駆動車をガレージから出し、住宅地を抜けると西に向けて車を進めた。そしてタンボリン山に至る道を走り始めた。

「ありがとう」

「何が？」

亜熱帯特有の雨のせいで、山肌は鮮やかな緑で覆われている。草の茂った牧場、灌木《かんぼく》に覆われた丘、何エーカーもある広い敷地にある家や農場。

アスファルト舗装の道路は山の麓《ふもと》をぐるりと回り、そこからくねくね曲がりながら、頂上に向かっていく。

「この週末のこと」ギャビーは考えながら続けた。

「今日のことも」ベネディクトの時間がなければ実

現しない楽しみ。だからこそ貴重なものなのだ。

「まだ終わっていないよ」

そうだわ。突然に太陽が輝きを増し、空の青が鮮やかになった。

車は曲がりくねった道路を走り、かなり山の上まで上ってきた。眼下に田園の景色が広がり、遠くにサファイア色の海が見える。

車は山の頂上を横切る道路を走った。両側に新しい家や古い家、珍しい形の家が見える。古い英国風のホテルや趣のあるカフェもあった。

この村には、広いベランダのあるさまざまな店が密集している。二人は車を降りてミネラルウォーターの大瓶とハムとサラダのサンドイッチ、フルーツを買った。それから再び車に戻り、谷を見渡す草原に向かった。

ほかから隔離されていて、まるで絵のように美しい。すべてから離れて、地球の頂点に立っているような感じがする。ギャビーはワインを飲んだときよりうっとりと酔いしれ、スリルを覚えた。

ベネディクトは木陰の草の上に敷物を広げた。二人はおなかいっぱい食べ、敷物の上に寝転んだ。美しい景色と静けさのおかげで、すっかりリラックスしている。

本当のピクニックだわ。ギャビーはジャックと楽しんだピクニックを思い出していた。あのころはいつも笑い、勉強と試験でいい成績を取ることだけを心配していればよかった。

「何を考えているんだい？」

ベネディクトの声に振り返ったギャビーは、ゆっくり笑みを浮かべた。「もっとピクニックに出かけるべきだわ」

「そんなことを考えていたのかい？」

ベネディクトの声は、おもしろがっているように聞こえる。私も同じように、少しからかってみようかしら。「私の心の、最も深いところにある考えを知りたい？」

「聞いたらびっくりするかもしれない」

〝愛してるわ〞と言うのは簡単だが、撤回するのは難しい。夜の静寂の中でささやくことはできても、昼間、山の頂上で声に出してはとても言えない。

「天国みたいだって考えてたの」ギャビーは明るい声で言った。「町の喧噪《けんそう》も、仕事のプレッシャーもうるさい人たちもいない」

「この場所のこと？　それとも僕たちが一緒にいること？」

ギャビーは瞳を輝かせ、素直に大きな笑みを浮かべた。「もちろん両方よ。私一人だったら、こんなに楽しくないわ」

ベネディクトはギャビーのうなじに手を絡ませてキスした。ギャビーの欲望に火をつけ、じらし、感情に流される直前で唇を離した。

「君はいけない女性だ」ベネディクトはギャビーのこめかみに小さくキスしながらつぶやいた。「これでやめておく？　それとも、もっと探険したい？」

ギャビーはベネディクトの喉元に唇を押しつけた。石けんとコロンのにおいの混ざった、彼だけの香りがする。「すぐそばに道があるし、ここは公園なのよ。ここを通る人たちをびっくりさせたくないわ」

ギャビーはベネディクトの肌を軽くかんだ。「それに、私たちを忙しい仕事に連れ戻すために、飛行機が待っているのよ」

「それは明日の早朝のことだよ」

二人には今晩があった。「一秒も無駄にしたくないわ」ギャビーはからかうように言い、ベネディクトの胸を軽く押した。「海岸に戻ったら、えびを買って、あなたがバーベキューにしてちょうだい。私はサラダを作るわ。ワインを開けて、食事をしながら日没を見るのよ」

ベネディクトはギャビーから体を離し、彼女が立ち上がるのを見ていた。そしてギャビーが差し出した手を握り、自分も素早く立ち上がった。

家に戻ったのは五時を過ぎていた。暗黙の了解のうちに、二人は潮の引いた、湿った砂浜を遠くまで歩き、そして名残惜しい気持で家まで引き返した。

ギャビーの手はベネディクトの手に軽く包まれ、そよ風がブラウスの裾《すそ》を揺らし、無造作にまとめた髪をそよがせている。潮風に吹かれ、ギャビーの顔は艶やかだった。そして瞳は、夜を期待してか、深い色をたたえている。

夕食の準備をしたあと、二人は水着に着替えてプールに飛び込んだ。少し泳いだあとでプールサイドのテラスで体を拭《ふ》いた。

バーベキューのにおいが二人の食欲を刺激する。ギャビーはえびを手でつまんで口に運んだ。それからフォークでサラダを食べた。

「えびの汁が顎についてるよ」ベネディクトに言われ、ギャビーは笑顔で彼を見た。

太陽が沈み始めた。西の空がゆっくりとピンク色からオレンジ色に変わっていく。まばゆい光が少しずつ薄れ、ついには消えて薄暗い空だけが残った。

タイマー式のプールサイドの明かりがいっせいについたが、闇《やみ》が下りてすべてが見えなくなって初めて、明かりははっきりとあたりを照らし出した。

電話の音が聞こえる。ベネディクトは椅子から立ち上がり、家の中に入った。ギャビーはえびの殻を集め、皿をトレーにのせて家の中に入った。二階のキッチンまで運び上げてくれる電動ワゴンにトレーを入れてスイッチを押す。それからテラスに出るドアを閉め、アラームをセットした。

皿やフォークを食器洗い機に入れると、キッチンはすぐに片付いた。髪はすっかり乾いているが、プールの消毒薬を洗い流さなくてはならない。ギャビーは三階へ行ってシャワーを使った。

シャワーを浴びたあと、薄いコットンでできた白いパンツをはき、ノースリーブのブラウスをはおった。数分ほどドライヤーをかけると、髪は乾いた。髪を肩に垂らしたまま、リップグロスを塗っただけで、ギャビーは軽い足取りでキッチンに下りた。

コーヒーをいれよう。熱くて濃いコーヒーに、リキュールを垂らして飲みたい。

コーヒーができたところで、ベネディクトがキッチンに入ってきた。ギャビーは問うような視線で彼を見た。「困ったことでも起こったの？」

「でも、僕の手に負えないようなことじゃないさ」

ギャビーはベネディクトの言葉を素直に受け取った。コーヒーをカップに注ぎ、ベネディクトに渡す。

「私が必要かしら？」

ベネディクトの瞳がきらりと光った。「ああ」彼の意味することはわかっている。ギャビーの心臓の鼓動が急に速くなり、ゆっくりと元に戻っていく。

「だが、今は何本か電話をかけなくちゃいけないんだ」ベネディクトはギャビーにそっとキスした。もっと激しいキスが欲しい。ベネディクトはギャビーに背を向け、書斎に向かって歩き去った。

ギャビーはコーヒーを持ってラウンジへ行き、座り心地のいいソファーに腰を下ろして、テレビのスイッチを入れた。ケーブルテレビでも見ていれば、気がまぎれる。

一つの番組が終わり、次の番組が始まっている。激しい睡魔に襲われ、ギャビーはいつのまにか眠りに落ちていた。

たくましい腕に抱え上げられた感触をギャビーはわずかに覚えていた。服を脱がされ、柔らかい枕《まくら》に顔をのせた記憶もかすかに残っている。そして背後から温かい体でつつまれた記憶も。

8

ジェット機はシドニー国内空港の滑走路を外れ、ゆっくりとプライベート格納庫に滑り込んだ。ベントレーを運転してきていたサーグが荷物をトランクに移し、二人を乗せて家に向かって走りだす。

ギャビーはシートの背にもたれかかり、窓の外の景色を眺めた。道路はすでにこみだし、幹線道路は仕事に向かう車で渋滞し始めていた。

一時間後には、私もこの中に加わるのだ。ギャビーは自分のカジュアルな装いに目をやった。すぐにスーツに着替え、ストッキングをはいてハイヒールにはき替えなくてはならない。

今でさえ、ベネディクトの気持が離れていくのがわかる。彼の心の中はすでに、今日の仕事のことで占領されてしまっている。

家に着くとすぐに、マリーが朝食を出してくれた。八時少し過ぎにギャビーは自分の車の運転席に座り、ベネディクトの運転するベントレーの後ろに従ってオフィスへ向かった。

予定が詰まっていたわけではないが、忙しい一日だった。ギャビーは秘書にランチを買ってきてもらい、自分のオフィスで食べた。送られてくる予定の返事を待って、すぐ次の行動に取りかかれば、不必要に遅れることはない。そんなわけで、ギャビーが家のガレージに車を入れたときは、ほとんど六時になっていた。

モニークは自分が客の場合は勝手に遅れるが、ホステスの側に立つと時間にうるさかった。七時にディナーが始まるのなら、六時半には到着していなくてはならない。ということは、二十分でシャワーを使い、服を選んでメイクアップをし、髪をセットしなくてはいけないのだ。

ギャビーは階段を上りながらジャケットのボタンを外し、ハイヒールを脱いだ。ベッドルームに足を踏み入れたときは、スカートのファスナーを下ろし、ブラウスのボタンを外し始めていた。

電気シェーバーを使っていたベネディクトが顔を上げ、片方の眉を上げてバスルームに入ってきたギャビーを見た。

「何もきかないで」ギャビーはベネディクトをはねつけるように手を振り、シャワーブースのドアを開けて中に入り、お湯の栓をひねった。

黒いシルクのイブニングパンツにおそろいのノースリーブのトップを身につけ、ビーズの飾りのある黒のジャケットをはおった。黒のハイヒールに金のアクセサリー。髪は頭の高い位置でまとめ、目を強調した控えめのメイクアップをする。

ギャビーはイブニングバッグを手にし、金の鎖を肩にかけてベネディクトを振り返った。彼は楽しそうに、ギャビーを眺めている。

「君がこんなに短い時間でそれだけの準備をしたなんて、誰も想像できないだろうね」二人は階段を下り、ガレージに向かった。

「車の中で三回深呼吸をし、楽しいことを考えることにするわ」

父親の家が近づくにつれ、胃のあたりが緊張してくる。ばかだわ。モニークや父の前で、アナリースが下品なふるまいをするはずはないのに。

「いらっしゃい」アナリースが二人を迎え、それぞれの頬にキスした。「私の大好きなギャビーにベネディクト」アナリースは笑顔で二人のあいだに割り込み、それぞれの腕に自分の腕を絡ませた。「居間へどうぞ」

アナリースは片方の眉を上げ、悔しそうな目でギャビーの黒のイブニングスーツと、自分の身につけている、体にぴったりした黒のイブニングドレスを見比べた。

「すごいわ、ダーリン」明るい声で笑ったが、目は笑っていない。「私たちって、いつも好みが似てるのよね」

私は自分のお金で自分の服を買っているのよ。あなたは父のカードで、アライアやカルバン・クラインの服を買いあさっているけど。

父の家は豪華だが成金趣味ではなく、重厚な趣があり、まさに富と地位を象徴している。それなのに、中に入るたびに居心地の悪さを感じるのはなぜだろう? モニークが注意深くカーテンや色調を変え、母の思い出を消してしまったからだろうか?

モニークが自分の好みを強調していけないわけはない。ジェイムズは喜んでモニークを好きにさせている。思い出がどんなに美しくても、過去が現実に占める場所はないのだ。

「ギャビー、ベネディクト」モニークが両腕を広げ二人に歩み寄ってきた。「遅くなるんじゃないかと心配してたのよ」

ジェイムズはギャビーを軽く抱き締め、ベネディクトの腕に手を置いた。「さあ、座りなさい。わしが飲み物を持ってこよう」

人畜無害の会話。全員が社交にたけ、笑みを浮かべ、楽しそうに笑う。関係ない人の目には、強い絆《きずな》で結ばれた幸せな家族に映るに違いない。ギャビーはそう思いながら、ダイニングテーブルについているベネディクトの隣に腰を下ろした。

モニークの雇っているコックの料理の盛りつけはすばらしく、食べるのが惜しいくらいだった。今晩の最初の料理はビシソワーズ・ベール――青豆の冷たいスープだった。

「ゆうべ、テニスでもやろうって思いたったの」スープが終わったあとで、モニークが言った。「あなたたちも誘おうと思って電話をしたら、週末は留守にしてるってマリーに言われたわ」

モニークには相手に返答しなくてはいけないと感じさせるような言葉を発する能力があった。ギャビーは水の入ったグラスを持ち、口に運んだ。

「ゴールド・コーストに行ってきたんですよ」ベネディクトが答えた。

「そうだったの？」アナリースがまばゆいばかりの笑顔でギャビーを見た。「あなたがベネディクトをシドニーから引っ張り出せたなんて驚きだわ」そしてベネディクトのほうを向いた。笑みに色っぽさが加わる。「会社の経営者の妻は、一人で楽しめる素質が必要なんだと思ってたわ」

ギャビーはそっとグラスを置いた。「夫と貴重な時間を過ごすことは例外じゃないかしら？」

コックが野菜を添えたプーレ・フランセ――若鶏《わかどり》のフランス風を運んできた。

「もちろん、そのとおりよ」アナリースはへりくだったように笑みを浮かべた。「ベネディクトがあなたの言いなりになってよかったのよ」

ギャビーはナイフとフォークでチキンを切り分けた。「そうでしょう？」一口大に切ったチキンを口に入れて味わう。そして、コックに対する賞賛の言葉を述べた。「とてもおいしいわ、モニーク」

「ありがとう、ゲイブリエル」

ギャビーは心の中で三まで数えた。今にもアナリースが、拷問に近いようなことを仕掛けてくるに違いない。

「楽しかったんでしょうね？」

「とてもリラックスできたわ」

「カジノにショーを見に行ったの？」

「いや」ベネディクトが割って入った。「ギャビーが料理をしてくれたんで、家で食事をしたんです」

ベネディクトは骨までとろかしてしまいそうな笑みを浮かべてギャビーを見た。

ギャビーは心の中でため息をついた。あなたはモニークが始めたゲームの主導権は握ったけど、アナリースに次の攻撃の手段を与えてしまったのよ。

「ここでは一度も料理をしなかったわ、ダーリン」笑い声に楽しそうな響きは感じられない。

「必要なかったからよ。食事を作ってくれる人がいつもいたもの」それに、コックが休みの日でも、モニークはギャビーがキッチンに入ることを嫌った。

「あなたの腕前を私たちに披露すべきだわ、ゲイブリエル」

今ごろになってなんのために、モニーク？「キッチンでのマリーの場所を奪うようなことをして、彼女の気持を傷つけたくないの」

「マリーがお休みの日もあるんでしょう、ダーリン？」アナリースが面倒くさそうに言った。

「ええ。ベネディクトと私が外で食事をする日は」

アナリースはマニキュアを塗った指先をチェックしたあとで、ギャビーにからかうような笑顔を見せた。「私たちを招待するのは気が進まないみたいね」

アナリースは猛毒をベルベットに包み、もったいぶって差し出す。長年の経験で、その扱いには慣れていた。「とんでもない。いつが都合がいいかしら？」

穏やかな闘いだが、闘いに違いはない。

「ママ？　パパ？」アナリースは愛想よく返事を引き延ばした。

「日程を調べてあとで連絡するわ。いいかしら？」

ギャビーも愛想よく答えた。「もちろん」

「何をごちそうしてくれるか楽しみだわ」アナリースが言った。

「マリーはいつでもすばらしい料理を作ってくれるわよ」ギャビーも引き下がるつもりはなかった。

モニークとアナリースが不服そうに目を細めた。

緊張した雰囲気を感じ取った二人の男性は、女性たちの話題とはまったく関係のない話を二人で始めた。

デザートのボンブ・オ・ショコラを食べ終わると居間に移動してコーヒーを飲んだ。

「トランプでもしようと思ってたの」モニークが言った。「ポーカーはどう？」

「ストリップ・ポーカーじゃないならいいわ」アナリースが男を誘うような笑みを浮かべた。「身ぐるみはがされてしまうもの」

それが好きなくせに。

「十一時半にゲームを終了する。勝った者がたまった賭《か》け金をもらう」ジェイムズがベネディクトに言った。「それでいいね？」

「了解」

能力や運とは関係なく、勝つか負けるかのゲームだ。賞金は取るに足らないもので、単に二時間楽しむというだけのゲームにすぎない。

アナリースは機会があるごとにテーブルに身を乗り出し、胸のふくらみを見せつけようとした。実際彼女はブラをつけていない。

そのうえ、ベネディクトを見るたびに媚《こ》びるような笑みを浮かべる。ギャビーは帰路につくころには、かなりいらだちを覚えていた。

「何も言わないのかい？」車を門から道路に進めながら、ベネディクトが尋ねた。

ギャビーは大きく息を吸い、そしてゆっくりはき出した。「どこから話したらいい？」

ベネディクトはギャビーを見たあと、運転に神経を集中した。「どこからでも。君が怒りを少しでも発散できるなら」

「気づいてたのね」

「たぶん、気づいていたのは僕だけだ」

「それを聞いて安心したわ」なんてことなの。何かを力いっぱい叩《たた》きたい。

「やめたほうがいい」ベネディクトが穏やかな声で言った。ギャビーははっとして彼を見た。

「やめるって、何を？」

「ダッシュボードを叩いても、怪我《けが》するだけだよ」

「代わりにあなたを叩こうかしら」

「車をとめようか？　それとも、家に着くまで我慢できるかい？」

「からかうのはやめて、ベネディクト」ギャビーはフロントガラスの向こうに注意を向けた。こちらへ向かって来る車のヘッドライト、蛍光灯の街灯、そして暗がりに長く伸びた影。

ベネディクトが家の防犯アラームを解除すると、彼が止めるのも聞かずに、ギャビーは急いで家の中に入った。玄関ホールを横切って階段の下まで来たとき、ベネディクトに腕をつかまれた。

何か言う間もなく、ベネディクトのほうを向かされる。ギャビーは近づいてくる唇を止めることができなかった。唇を求めているベネディクトを拒否することはできない。

強く荒々しい、まるで罰を与えているようなキスだ。ベネディクトの思惑どおり、ギャビーの怒りはおさまっていった。体から力が抜け、ギャビーはベネディクトにもたれかかった。キスがだんだん情熱的になっていき、ついにはギャビーはベネディクトにしがみついた。

ベネディクトがギャビーの膝の下に腕を入れて抱え上げた。彼女の口から、小さくうめくような声がもれた。何も口にする言葉が思い浮かばない。ベネディクトは階段を上っていった。自分の服を脱がせていく彼の手をどうやって止めていいのか考えつかない。ベネディクトは彼女をベッドに引き倒した。

ベネディクトは時間をかけてゆっくりと、ギャビーの感覚を目覚めさせていった。ふくらはぎから膝の後ろの敏感な場所に、彼の唇が移動する。そして唇は太腿の内側に……。燃えさかる炎に包まれた蝋《ろう》のように、ギャビーの体がとろけていった。ギャビーはもう完全に、ベネディクトの思いどおりになるしかなかった。

体の交わり。お互いの欲望を満たすこと。ベネディクトは、それだけでいいのだろうか？　愛――ギャビーの心はその言葉を切望しているのに、「頭は愛なしでも満足するべきだと言い聞かせていた。

《オペラ座の怪人》のプレミアつきのチケットは、何週間も前に売り切れてしまっている。間際になって四枚もチケットを手に入れるなんて、ベネディクトは明らかにコネを使ったに違いない。ギャビーはそう思いながら、ベネディクトの隣に腰を下ろした。

「いい場所ね」フランチェスカがつぶやいた。第一幕が開く前に、オーケストラが前奏曲を演奏し始めた。

「本当ね」

「その色がとても似合ってるわよ」

フランチェスカの言葉を、ギャビーは素直に受け取った。「ありがとう」グリーンがかったピーコックブルーのシルクのドレスは、ギャビーのきめ細かい肌を際立たせ、ブロンドの髪を強調して見せている。「あなたもすてきだわ」

深いルビー色は、フランチェスカの肌の色と髪の赤褐色と完璧《かんぺき》に調和し、細身のデザインは彼女の体の線を美しく描き出している。

オーケストラの音が大きくなり、第一幕が始まった。

ギャビーは舞台の感覚的な要素――俳優たちの存在、舞台衣装、ドーランやメイクアップのかすかなにおい、音などが好きだった。映画やテレビの画面で見るのとでは、まったく違っている。

幕間《まくあい》は十分な時間がとってあり、お客はホールに出て飲み物をとったり、たばこを吸ったりしている。

ジェイムズやモニーク、アナリースを見かけるかもしれない。そう予想してはいたが、アナリースがジェイムズとモニークのそばを離れ、こちらへ話をしに来るとは思っていなかった。アナリースは短く挨拶《あいさつ》をしただけで、そのあとはほとんどギャビーに注意を払わなかった。

席に戻るように客たちを促すブザーが鳴った。照明が暗くなるとすぐにベネディクトはギャビーの手を握り、第二幕が終わって再びロビーに出るまで、その手を放さなかった。

「化粧室に行かない？」フランチェスカに誘われ、ギャビーはうなずいた。その直後、こちらに向かって来るアナリースの姿を認めた。

「すてきな夜ね」アナリースは顔を輝かせて言った。

「そうね」ギャビーはベネディクトの手から自分の手を引き抜いた。「フランチェスカと一緒に、ちょっと失礼するわ」

「どうぞ」アナリースがうれしそうに言った。「あなたたちがいないあいだ、ベネディクトとドミニクのお相手をしているわ」

うれしくて仕方ないのね、とギャビーは思った。

「彼女、まだ諦《あきら》めてないみたいね？」ギャビーのあとから人ごみをかき分けて進みながら、フランチェスカが尋ねた。「邪魔するなって言ったの？」

「ええ」二人は化粧室に入り、列に並んだ。

「丁寧な言い方で？　それとも、もう一度邪魔したら訴えるぐらいの強硬な口調で？」

「慇懃《いんぎん》にっていう方法はだめかしら？」ギャビーは笑顔で言った。

「少しぐらいやり合っても構わないのに。イタリア人はとても上手よ」フランチェスカの瞳がきらりと光った。「大声でわめいて、物を投げるの」

「そんなあなたは見たことがないわ」ギャビーが興味深そうに言った。

「だって、あなたに腹をたてたことがないからよ」

「それはそうね」二人は少し前に進んだ。「あなたとドミニクのあいだがどうなってるか、きいてもいいかしら？」

「もうじき、彼に物を投げるようになると思うわ」

ギャビーは喉の奥で笑った。「ドミニクに注意しておいたほうがいい？」

「それより、びっくりさせるほうがいいわ」

メイクアップを直し終わったとき、次の幕が始まる合図のブザーが鳴った。二人が席に着くと同時に照明が暗くなった。

出演者のすべてがすばらしい声の持ち主で、非の打ちどころのないミュージカルだった。最後の幕が終わると客席から拍手がわき起こり、何度もカーテンコールが続いた。

出口に急ぐ人の流れから離れるのに、少し時間がかかった。

「どこかで軽い食事でもしないか？」駐車場に着くと、ドミニクが言った。

「いいわね」ギャビーが答えた。「どこかいいレストランがある？」

「ベネディクト、どこか知ってる？」

「君が選べよ、ドミニク」ベネディクトが答えた。

「ダブル・ベイにすばらしい場所があるんだ」ドミニクはレストランの名前を言った。「あっちで会おう」

「もうリラックスしてもいいのに」ベネディクトがギャビーに言った。車は植物園の横を走っている。

「僕たちの居場所を捜し当てるために、アナリースがそこらへんをはい回ってるとは思えないよ」

「察しがいいこと」ギャビーは皮肉をこめて言った。

真面目《まじめ》な声で言った。

レストランは、店の立ち並ぶ大通りから一ブロック内側に入ったところにあった。雰囲気はギリシアのレストランそのもので、ドミニクはお得意の客というだけでなく、レストランのオーナーと個人的にも親しいということがすぐにわかった。

ギャビーは濃いコーヒーを断って紅茶にし、皿にたくさん盛られたケーキを少しつまんだ。

ドミニクは話し上手で、真面目な口調で話す冗談にギャビーは思わず笑っていた。フランチェスカの固い防御も、かすかに緩んでいるように思えた。

おやすみなさいを言い、お互いの車に乗り込んだのは十二時を過ぎていた。そしてギャビーがベッドに入り、ベネディクトがベッドサイドのランプを消したとき、ほとんど一時になっていた。

「運転に神経を集中したほうがいいわ」ギャビーが

の価値がありそうだ」

ベネディクトはかすれた声で笑った。「それだけ

わ」

「そうしてちょうだい。私も復讐《ふくしゅう》の方法を考える

「そんなことを言ってると、お仕置きをするよ」

なたはユーモアのセンスを養う必要があるわ」

ギャビーはいたずらっぽい笑みを浮かべた。「あ

けるのはやめたほうがいい」

ベネディクトはギャビーをちらりと見た。「ふざ

「もちろん、そうよ」

「嫉妬《しっと》深い奥さんみたいだよ」

ないって気づいていないの？」

「ベネディクト、あなたはそんなことをする必要は

わかっているのに」

「僕が思わせぶりなことはしてないって、君はよく

「でも彼女の情熱は、あなたを逃がしはしないわ」

9

スタントン・ニコルス社はいくつかの慈善団体を支援している。今夜は、高級ホテルでのディナーパーティーという形で毎年行われている、特に有名なイベントが開かれる。

政財界の有力者たちのあいだで重要なパーティーだと見なされているため、千人ほどの客が参加する。パーティーの常連の女性たちは競ってオートクチュールのドレスを身にまとう。彼女たちの身につけている宝石を集めれば、飢えに苦しむ国を救えるほどの資金になると、ギャビーは心の中で思っていた。

服装に関しては、男性のほうが女性よりずっとお金がかからない。黒のタキシードと白いシャツ、それに黒の蝶《ちょう》ネクタイだけでいいのだから。たとえタキシードがアルマーニかゼニアで、靴が手縫い、シャツの素材が高級なコットンだとしても。

ギャビーは春を思わせるカラフルなシルク・オーガンジーでできた細身の肩ひものないロングドレスを選んだ。背中が大きくあいていて、同じ生地でできた長いスカーフがついている。髪は長く垂らしたままにしているので、魅力的な顔の表情が強調されていた。

パーティーは七時から始まるが、カクテルが六時半からロビーで出されるので、早めに来て知り合いにゆっくり挨拶《あいさつ》をする人も多い。パーティー会場のドアは七時に開けられ、ディナーはその三十分後に始まる。

「シャンパンはいかがですか？」

「オレンジジュースをいただくわ」ギャビーはウエイターのトレーからグラスを取り上げた。ベネディクトの目が笑っている。

「頭をはっきりさせておく必要があるのかい?」

ギャビーは唇に笑みを浮かべた。「私の気持がよくわかるのね」ジェイムズにモニーク、アナリース、それにほかの客が五人、同じテーブルに座ることになっている。

「いつもそうだよ、愛する人《ケリーダ》」ベネディクトはからかうように言った。スペイン語の親愛を表す言葉を聞いて、ギャビーの瞳が光を増した。亡き母親の母国語をときどき使うと、私の感情が揺れることを、彼自身は気づいているのだろうか?

スタントン・ニコルス社はこの催し物のスポンサーの一つなので、同じテーブルには慈善団体の委員長夫妻、シドニーを訪れている政府高官夫妻とその息子が座っていた。

効果的に会場へ入ろうとする者にとって、ディナーの始まる前の五分間が勝負だった。ジェイムズ、モニーク、アナリースの三人は、わずか一分前に会場に滑り込んだ——義務的な軽いキスを交わし、笑顔で腕に軽く触れながら。完璧《かんぺき》だわ。モニークはまた成功した。一番最後に到着し、数え切れないほどあるテーブルのあいだを進むあいだに、ほとんどの客の目がモニークに注がれていた。

最初の料理が運ばれ始め、司会者が挨拶と感謝の意を述べ、今晩のプログラムの紹介をした。

軽快なバックグラウンド・ミュージックが、邪魔にならない程度の音量で流れている。ギャビーはフォークを取り、オードブルのシュリンプとアボカドのカクテルを食べ始めた。

誰かが——熱心な慈善団体委員のモニークかもしれない——いいと思ったのか、ベネディクトの左隣にアナリース、ギャビーの右隣に高官の息子と席が決められている。

オードブルを食べながら、アナリースの手がふとベネディクトの腿の上に置かれたのは何かのはずみかもしれないが、ギャビーには信じられなかった。

「楽しいパーティーですね」高官の息子が話しかけてきた。「盛況だし」

ありきたりの会話だが、気をまぎらすにはちょうどいい。ギャビーは丁寧に返事をした。

「それにプログラムがおもしろい。プロの歌手が歌って、ファッションショーがある」

「それに義務的なスピーチもいくつかありますよ」

彼は人なつっこい笑顔を浮かべた。「前にも出席したことがあるんですね？」

ギャビーは唇に笑みを浮かべた。「数えきれないくらい」

「あなたはとても魅力的ですね」

ギャビーは楽しそうな表情で、彼の感じのいい顔を見た。「ありがとう」

オードブルの皿が下げられ、ベネディクトがギャビーのグラスに水を注《つ》いでくれた。ギャビーは不思議な光をたたえたベネディクトの瞳に笑顔を返し、彼の右の腿に手を置いた。「ありがとう」

「どういたしまして」

両方とも手に入れておきたいのね。そんなことができればの話だけど。ギャビーは挑戦的なまなざしでベネディクトの視線をとらえて放さなかった。

歌手が二曲、歌を披露するという司会のアナウンスがあり、ギャビーは注意をそちらに向けた。

メインディッシュはベビー・ポテトと野菜を添えたキエフ風チキンだった。

「すばらしい料理ですね」高官の息子が、おいしそうに食べながら言った。ギャビーは、ベネディクトの腕に置かれているアナリースのマニキュアを塗った手を見ないようにしていた。

歌手が二曲歌い終わったところで、デザートが運ばれ、委員長が演壇に立った。

そのとき、アナリースがさっと立ち上がり、ステージのわきに消えていった。

ウエイターがコーヒーを配り始めると、司会者がファッションショーの始まりを告げた。それと同時に、男性三人、女性三人のモデルが細長いステージに現れた。それぞれシドニーの著名なデザイナーの服を身につけている。リゾートウエアから、カクテルドレスやフォーマルドレスまで各種に及んでいる。

「彼女、実にすばらしいと思いませんか？」

ギャビーは高官の息子を振り返り、彼の視線を追った。アナリースが舞台を歩いてくる。「そうね」

彼の言葉どおりだった。アナリースは自信にあふれていた。長身の体、個性的な顔――モデルの世界で成功するすべての要素を兼ね備えている。

ほとんどの男性は彼女を一目見て、その美しさに魅了された。そしてほとんどの女性は、非の打ちどころのないスタイルと顔に隠された、何か人工的なものを感じた。

アナリースはすべてのセクションに出演した。訓練しつくされた笑みを浮かべ、堂々としている。ショーが進行するにつれ、あるテーブルのある男性のためにだけ、アナリースがセクシーな笑顔を浮かべていることがはっきりわかってきた。

悔しいことにベネディクトは、一人一人のモデルとその服を、興味深そうに眺めている。リゾートウエアには水着も含まれていた。ビキニやハイカットのワンピーススタイプ。マイクロビキニを身につけたアナリースは飛び抜けてすばらしい。彼女自身がその効果をよく心得ていた。

彼女をぶってやりたい衝動を、ギャビーは抑えた。アナリースの態度に少しでも不快感を見せたら、それこそ彼女の思うつぼだ。彼女にそんな満足感を味わわせるわけにはいかない。

イブニングドレスを身につけたアナリースは、再び観衆を驚かせた。背中も肩もあらわなドレスが、彼女の体にぴったり張りついている。

フィナーレに出場したモデル全員が、ステージを一巡した。

「何か気に入ったものはあったかい?」ベネディクトが尋ねた。

「背の高いブロンドの男性モデル」ギャビーは笑顔で答えた。ベネディクトの顔が輝いたのがわかった。

「当然、彼が着ていた服のことだね」

ギャビーの大きく見開いた瞳が、いたずらっぽく光った。「当然よ。でも、すべてが魅力的だったわ。特に水着姿の彼が」

「仕返しを始めたのかい?」

「ベネディクト、なんのことなの?」

彼は寛大な笑みをたたえていた。「説明するのに時間がかかりそうだ」

「そうかしら?」

ベネディクトの黒い瞳がきらりと光った。「いつでもここを出て、二人だけで話を続けることはできるんだよ」

「そんなことをしたら、失礼になるわ」

ベネディクトはゆっくりとギャビーの左手を取り自分の唇に運んだ。「僕は幸せだよ。もう少したてば君を家に連れて帰れるんだから」

指に一本ずつキスしたあと、ベネディクトはギャビーと手をつないだままテーブルの上に置いた。彼女の全身を、ある感覚が走り抜けた。手首の内側を親指で撫《な》でているベネディクトは、唇に笑みを浮かべているだけで、表情にはなんの変化もない。

ベネディクトがギャビーをちらりと見た。わずかに細めた瞳に、からかうような表情が見える。ギャビーは息をのんだ。

「慰めてくれてるのね」ギャビーは努めて明るい口調で言った。

「ごほうびだよ」

ベネディクトの言葉が真実だったらどんなにうれしいだろうか。けれども、これがゲームの一部だということを、ギャビーはよく知っていた。「まあ、優しいことを言ってくれるのね」少し皮肉をこめて答える。

「ありがとう《グラシアス》」

ウエイターが再びコーヒーを注いで回っている。お客たちはテーブルを回って話をしながら、ゆっくりと外のロビーに向かい始めた。

「ご一緒できて楽しかったですよ」

ギャビーは高官の息子を振り返った。「本当に」そして彼の両親を含めた三人に向かって言った。

「楽しいパーティーでした」

「いやあ、楽しかった」ジェイムズがギャビーの隣に歩み寄り、彼女の頬にキスした。「きれいだね」

「ありがとう」アナリースが近づいてきても、ギャビーは笑みを消さないように努めていた。

「ナイトクラブへ行くんだけど」アナリースの視線はベネディクトに向けられ、彼の肩に手が置かれている。「一緒にどうかしら?」

ギャビーは自分が呼吸をしているかどうかさえわからないまま、ベネディクトの返事を待った。

「またの機会にするよ」

「ランチを一緒にしましょう、ゲイブリエル」みんなに挨拶をしながら、モニークが言った。「電話をするわ」

駐車場にたどり着くまでに三十分かかり、それから家に着くまでにさらに三十分かかった。

「記録的なお客の数だった」ベネディクトは、家の中に入りながら言った。「慈善団体の委員会が喜んでいるに違いない」

「そうね」

「君はあまりうれしそうじゃないね」

「がっかりしてるの」

「どうして？」ベネディクトは防犯アラームを再びセットした。

「とってもナイトクラブに行きたかったわ」

ベネディクトは振り返るとギャビーに歩み寄り、髪に手を差し入れて、彼女のうなじをつかんだ。ギャビーの目が挑戦的に光った。

「本当に？」

近寄りすぎだわ。ベネディクトだけのセクシーなにおいと混ざり合ったコロンの香りが、ギャビーの鼻先をくすぐった。

「そうよ。アナリースがあなたを誘惑するのを見るのは、きっと楽しかったでしょうに」ギャビーは片手を上げ、彼のジャケットの襟をなぞった。

「君の気持はわかってるよ」

「うまく隠せていると思ってたわ」

「アナリースの態度について議論したいのかい？」

ギャビーの深いサファイア色の瞳に怒りの炎が燃えた。「〝議論〟どころじゃないわ」

ベネディクトの片方の眉が上がる。「消耗するまでテニスをするには時間が遅すぎる。それに、きっと僕が勝ってしまうからね」ベネディクトの温かい息が、耳の近くの髪を揺らしている。「それに、運動の目的は、そんなことじゃないし」

ギャビーはベネディクトに反論して、怒りを発散させたかった。「ラケットでボールを叩《たた》きつければ、少なくとも気分はすっきりするわ」

ベネディクトの目に表情は浮かんでいない。「鬱《うっ》積《せき》した怒りを発散させる、もっといい方法がある」

ギャビーの顎を撫でていたベネディクトの親指が首の動脈に軽く触れながら下降していく。

ギャビーの体中に温かい波が素早く広がり、ベネディクトの愛撫《あいぶ》を求めてうぶげが逆立ち、肌がひりひり痛む。「こんなのずるいわ」

ベネディクトは唇を、ギャビーのこめかみに軽く押し当てた。「そんなことはないさ」

ベネディクトの唇がギャビーの唇を覆う。ギャビーは目を閉じ、その感触に酔いしれた。ベネディクトがギャビーの髪に手を差し込み、激しく、深く彼女の唇を求めてくる。ギャビーの欲望は息づき始め、今にもコントロールを失いそうになった。

ギャビーの体はこわばり、震え、さらなる喜びを求めていた。彼女は無意識のうちにベネディクトを促す低い声をもらした。

ゆっくりと、優しく、ベネディクトは体を離した。そしてギャビーを抱き上げ、玄関ホールを横切って階段に向かった。

「ベッドルームは上品すぎるわ」ギャビーはベネディクトの耳たぶを舌先でなぞり、軽くかんだ。

ベネディクトはベッドルームに入ってドアを閉めた。「野性的なのが好きなのかい、ギャビー？」ベネディクトはギャビーを床に立たせた。

その言葉がセクシーなイメージを想像させ、ギャビーは体を突き抜ける激しい疼《うず》きを必死で抑えた。

「このドレスはとても高かったの」ギャビーは故意にぞんざいな言い方をした。「だめにするのは惜しいわ」

ベネディクトの目に光が増した。その動物的な光がギャビーの心臓の動きを一瞬止め、そして一気に加速させていった。

ベネディクトの手がファスナーを下ろし、ドレスはカーペットの上に落ちた。ギャビーは息を止めた。催眠術にかかったようにドレスから足を抜いて横に立った。ベネディクトは無造作に、ドレスを椅子の上に放《ほう》り投げた。

ギャビーの視線をとらえたまま、ベネディクトは彼女の胸のふくらみを愛撫し、敏感なつぼみをからかい、そしてゆっくりとショーツのウエスト部分に手を入れ、足元に落とした。

次にイブニングサンダルを脱がせたあと、ベネディクトは自分のジャケットを脱いでラックにかけた。蝶ネクタイを外し、シャツを脱ぐ。靴と靴下を脱ぎ捨て、最後にズボンを脱いでジャケットの上にのせた。

ベネディクトはギャビーの顔を両手ではさみ、唇を求めた。すべてを自分のものにし、完全な降伏を強いるキス。

誘惑ではなく、所有権を主張するキスだった。苛《か》酷《こく》とも言える欲望。危険なまでの荒々しさ。

ギャビーは抗《あらが》わなかった。ベネディクトの情熱のうねりに乗り、すべての感情を解き放った。

ギャビーは身も心もすべて投げ出し、ベネディクトの体に自分の体を重ねた。彼は唇や胸にキスを繰り返し、ギャビーの正気を失わせていく。

ギャビーは体の震えをどうすることもできなかった。自分の感情の嵐《あらし》のせいで震えている体を静めることができない。ベネディクトにやめないでと哀願しながら、無意識のうちにすすり泣いていた。

このまま死ねたらどんなにすばらしいか。ベネディクトにベッドに押しつけられ、ギャビーはめまいを覚えながら思った。そのあとは、言葉には表せない喜びが訪れたことだけを覚えている。ベネディクトはギャビーと体を一つにし、激しい動きとともに歓喜の道を上りつめ、二人同時に頂点に達した。

ギャビーはベネディクトの体に手と脚を絡ませたままじっとしていた。動きたくない。

手を上げるエネルギーすら残っていない。閉じた目を開けるのすら努力を要した。

「痛くなかったかい?」

ギャビーの体は疼いていた。だが、それは鋭い快感であって、痛みではない。「大丈夫」弱々しい笑みを浮かべた。「でも、まだアンコールは無理だと思うけど」

ベネディクトは身を乗り出し、ギャビーの喉元に唇をはわせた。そして彼女の唇へと移動させた。

「リラックスして、ケリーダ。また始めようとしているんじゃないから」

「とてもいい感じよ」

ベネディクトが動いている気配がする。やがて感覚の鋭くなった肌のうえに、シーツがかけられた。ギャビーはため息をつき、ベネディクトの肩に頭を寄せた。

ギャビーは頬に触れる唇の感覚で目が覚めた。主人に撫でられて満足している猫のように、ほっそりした体をのけぞらせる。

唇に笑みを浮かべ、ギャビーは目を開けた。

「もう遅い時間なの？」

「かなり遅いよ、ケリーダ」

ベネディクトは服を着て髭《ひげ》もそり、すでに出かける準備ができている。

ギャビーの表情が陰った。「空港まで車で送るつもりだったのに」

「それよりジャグジーでリラックスして、ゆっくり朝食をとり、新聞に目を通してからオフィスに行けばいい」

「起こしてくれればよかったのに」ギャビーは抗議した。顔の上にある彼の黒い瞳が輝く。

「今、起こしたじゃないか」彼はベッドサイドの台の上に置いたトレーを指さした。「それに、オレンジジュースとコーヒーを運んでおいたよ」

ギャビーは上体を起こし、腕で膝を抱いた。瞳がいたずらっぽく光っている。「それなら許してあげるわ」

「車の電話をオンにしておくよ」

ベネディクトはスリーピースのスーツを身につけ、経営者の装いになっている。心の中は、メルボルンで行われるミーティングのことでいっぱいになっているのがわかる。この数日間、会議が続くのだ。

ギャビーはオレンジジュースを一気に飲んだ。搾りたての冷たいジュースが新鮮でおいしい。

早く起きてゆっくり愛し合い、ベネディクトと一緒にジャグジーに入って、のんびり朝食をとりたかった。でも短いキスで満足して、彼の後ろ姿を見送らなくてはならない。

三泊四日の出張。なんということはない。以前はもっと長く留守にしたこともある。それなのに、今日はどうして彼の不在が気になるのだろう？

ギャビーはオレンジジュースを飲み干し、ベッドから下りてバスルームに向かった。三十分後、ギャビーは軽やかな足取りで階段を下り、キッチンに入っていった。

「おはよう、マリー」

マリーは温かい笑顔で迎えた。「おはようございます。食事は中でなさいますか？　それともテラスにしますか？」

「テラスにするわ」ギャビーは即座に答えた。

「フルーツ入りのシリアルとトーストとコーヒーにしますか？　それとも、温かい朝食がいいですか？」

「シリアルよ。自分で用意するわ」ギャビーは食器棚からボウルを出してシリアルを入れ、バナナ、牛乳を加え、大きなガラスのスライディングドアを開けてテラスに出た。

朝の早い時間なのに、日差しが暖かい。仕事を放り出して、日よけの下で何時間か本を読んでいることだって簡単にできるのだけれど……。

10

「今朝は必ずベントレーでお出かけになるようにと、サーグが申しておりましたよ」

朝刊を読んでいたギャビーは顔を上げ、カップをソーサーに戻した。そしてからかうような笑顔でマリーを見た。「ジャガーじゃなくて?」

「主人に心臓発作を起こさせちゃ困ります」マリーの淡々とした言葉を聞いて、ギャビーは笑った。

「そうね」馬力のあるジャガーはベネディクトの車だが、サーグの誇りと楽しみでもある。ベントレーやベンツとともに、彼は責任を持ってジャガーも常に完璧《かんぺき》に整備された状態に保っているのだ。少しでもエンジンの調子に満足がいかないと、整備に出してしまう。今日から数日間、ベンツはテールランプの取り替えと傷の塗装のために、修理工場に入ることになっている。

電話が鳴り、マリーが受話器を取った。「ニコルスでございます」数秒後、マリーは送話口を手で押さえて、ギャビーに受話器を差し出した。「ミセス・スタントンからです」

ギャビーは天井を仰いでみせたあとで立ち上がった。「モニーク、ご機嫌いかが?」

「元気にしてるわ、ゲイブリエル。今日、ランチを一緒にしたいんだけど、都合はどうかしら?」

アイスウォーターとレタスの葉を前にして、モニークと意味のない世間話をするのは気が進まないが、継母が会いたがっているのには何か理由があるに違いない。

「大丈夫よ」ギャビーは丁寧に答えた。「どこで何時に会いましょうか?」

モニークはギャビーのオフィスからそう遠くないところにある高級レストランの名前を告げた。

「楽しみにしてるわ」まあ、なんて嘘《うそ》つきなの。そんなふうに考えちゃいけないわ。人は一生のうちにはおもしろいことをいろいろ経験するものよ。モニークとの関係は、その一つにすぎないのだから。

道路がこんでいて、みんないつもよりいらだっているようだ。そのうえ、交差点での事故のせいで数キロに渡って渋滞が続いている。

ギャビーが遅れてオフィスに着くと、秘書が病気で休むというメッセージが入っていた。それに速配便の袋に、入っているべき書類が入っていない。

午前中が半ば過ぎたころ、ギャビーは入っていなかった書類を午後の速配便で届けるという約束を取りつけた。数字を集計し、チェックし、明日の役員会議に提出する準備をするつもりなら、残業をするか仕事を家に持って帰るか、または明日の朝早く出社するかしなければならない。

モニークとのランチの時間が迫っている。ギャビーはため息をつきながらパソコンの電源を切り、メイクアップを直しに化粧室に入った。

レストランには、ほぼ約束の時間きっかりに到着した。

ギャビーは支配人に案内されて、モニークのいるテーブルについた。

「ゲイブリエル」

「モニーク」

見せかけだけの温かさと思いやり。十年、同じことを続けているので、それは絶対に変わることなどないとギャビーは諦《あきら》めていた。

いつものように、モニークの装いは完璧だった。シャネルのバッグにブルーノ・マリの靴、それから高価なアクセサリー。凝ってはいるが、けばけばしくはない。

「アナリースも来ることになっているの。構わないでしょう?」

すばらしいじゃない。「もちろん、構わないわ」

ギャビーは近くを通ったウエイターに、ミネラルウォーターを注文した。

「ベネディクトが留守のあいだ、家族に会えばあなたの気がまぎれるんじゃないかって、アナリースは思っているのよ」

それは信じられない。アナリースが心配するのは自分のことだけなのだから。「優しいのね」

「ディナーパーティーはとても楽しかったわ」

会話は差し障りのない話題から始まった。

「食事もおいしかったし、ファッションショーがすばらしかったわ」

「最初の料理を注文しましょうか? アナリースは遅くなるかもしれないから」

アナリースは今日も遅れてくるに決まっている。

ギャビーはアボカドとマンゴーのサラダを注文し、ミネラルウォーターを飲んだ。

「ジェイムズを説得して、休暇をとることにしたの」料理を待っているあいだに、モニークが話を始めた。

「それはいいわ。で、いつ?」

「来月。クルーズよ。クイーン・エリザベス二世号にニューヨークから乗るの」

クルーズだったら父はゆっくりできるし、社交の場もあるからモニークも満足できるだろう。「どれぐらい休みをとるの?」

「約三週間よ。飛行機で移動する日数も含めてね」

「お二人には、とてもいい休養になるわね」スタントン・ニコルス社の成功のために、毎日九時から五時まで、一週間に五日間働き続けてきた父は、それだけの休暇をとって当然だ。

最初の料理が終わり、メインディッシュを待っているとき、アナリースが香水のにおいを振りまきながらぶらぶらやってきた。

「ショーが長引いちゃって」アナリースは母親の正面の席に腰を下ろした。彼女がメニューを見ているあいだ、二人のウエイターが近くをうろうろしている。アナリースは傲慢《ごうまん》な態度で二人を追いはらい、ギャビーのほうを向いた。

「ベネディクトがいないと寂しい？」

からかってやりたい誘惑をギャビーは抑えきれなかった。「とっても辛《つら》くて」

アナリースの表情が少し険しくなった。「だったら……」アナリースはちょっと間を置き、故意に強調して続けた。「そんなに辛いんだったら、一緒に行けばよかったのよ」

ここでスコアを同点にしておきたい。「いつも一緒に出かけるというのは難しいのよ」

アナリースは水の入ったグラスを口に運んだ。

「どうして？」そしてグラスを置いた。「あなたが形だけの仕事をして、会社から相当のお給料をもらっているのは、誰だって知ってるわ。あなたの仕事はどうでもいいものと見なされているのよ」

二点取られた。見通しはよくない。それにモニークがいるので、あまり派手に言い争いたくない。

「二十人を超える応募者の中で、私の能力が高かったから、会社に採用されて規定どおりのお給料をもらっているの」ギャビーは落ち着いた口調で言った。何も弁解する必要はないのに。しかし、アナリースの言葉はギャビーの弱点をついていた。「あのとき、試験結果と能力だけをもとに最終的な選択をしたと、父は断言したわ」

「彼が自分の影響力を利用しなかったと、私に信じろというの？」

ここで話を打ち切るべきだ。はっきりと。「役員会は会社のお金をいいかげんな仕事に注《つ》ぎ込むことなど、絶対に認可しないものよ」ギャビーはアナリースを見つめた。わずかに怒りの色が見える。

今すぐ立ち上がって出ていきたい。けれども礼儀正しく育てられたギャビーは、最後のコーヒーまで我慢してその場にいた。料理はすばらしかったが、食欲はすっかり減退していた。こめかみの奥が重苦しい。頭痛の前ぶれだ。

コーヒーを飲み終わるとすぐに、ギャビーはバッグからクレジットカードを取り出した。

「それはしまってちょうだい」モニークが言った。

「私が払うわ」

「ありがとう。これで失礼していいかしら？　二時に約束があるの」

アナリースがあざ笑うように、片方の眉を上げた。

「仕事熱心なのね」

「責任感が強いだけよ」ギャビーは立ち上がりながら言った。「今日会うクライアントは、時間にうるさいことで有名だから」

捨て台詞《ぜりふ》としては、なかなかよかった。

モニークが一緒だったのは残念だったわ。ギャビーはオフィスに向かいながら思った。アナリースと一対一だったら、もっと上手にやれたのに。

オフィスに戻ると、デスクの上に一本の赤いばらをさしたクリスタルの花瓶が置いてあった。横にイニシャルを浮き出しにした封筒が置いてある。

ギャビーは封を切ってカードを取り出した。〈君に会いたい、ベネディクト〉

私のほうがずっと会いたいと思っているわ。ギャビーは体をかがめ、固いつぼみの甘い香りをかいだ。

明日はベネディクトが帰ってくる。マリーに相談して、二人だけの特別のディナーを用意してもらおう。キャンドル、おいしいワイン、静かな音楽、そしてそのあとは……。

インターホンのブザーがギャビーを現実に引き戻

した。デスクに身を乗り出し、ボタンを押す。

「ミズ・ミシェル・ブーシェが受付にいらっしゃいました」

「ありがとう、ハリ。キャサリンを迎えに行かせてちょうだい」

ギャビーは受話器を置き、こめかみを撫《な》で、そして時計を見て小さくうめくような声をあげた。

デスクの上のファイルをチェックし終えるには、あと一時間はかかる。それをパソコンに打ち込むのに、さらに三十分を要する。

選択肢は二つある。ファイルとパソコンのデータを家に持って帰って仕事をするか、オフィスに残って仕事を続けるか。

よく考えれば、そんなに急いで家に帰る必要はない。アナリースの辛辣《しんらつ》な言葉も気になっていた。

ギャビーは決心した。マリーに電話をして、帰宅が遅くなることを伝え、それから秘書にコーヒーを運んでもらい、頭痛薬を二錠のんで仕事に取りかかった。

プログラムを終了し、パソコンの電源を切ろうとしたときには、もう七時になっていた。明日のプレゼンテーション用にプリントアウトした書類は、すべてチェックずみだ。私の分析に、役員会は満足するに違いないと思うと、喜びを覚える。

ギャビーはバッグを持ってオフィスを出た。警備員におやすみなさいを言い、エレベーターに乗って、駐車場のある地下のボタンを押した。

帰ったらプールで泳ごう。静まり返ったエレベーターの中で、ギャビーは思った。それから熱いシャワーを浴びて、チキンサラダを食べながらテレビを見る。そのあとはベッドに入って本を読むのだ。

エレベーターが止まり、ドアが開くとすぐに、ギャビーは足を踏み出した。駐車場は明るく、まだ何台もの車がとまっている。ギャビーはベントレーの防犯装置を解除し、ロックを外してドアの取っ手に手をかけた。

「静かにするんだ」男の声が聞こえた。不気味なほど穏やかな声だ。

ギャビーはわき腹に何か固い物を押しつけられ、同時に腕をつかまれた。

「声を出したり暴れたりすると、痛い目にあうぞ」

「バッグをあげるわ」心臓が飛び出しそうなのに、ギャビーの声は落ち着いていた。

後ろのドアが開けられた。「乗るんだ」

誘拐するつもりなのだろうか？　でも、言いなりにはならないわ。「いやよ」

「よく聞くんだ」男はギャビーの耳元でささやいた。「俺《おれ》たちは写真を何枚か撮りたいだけなんだよ」

〝俺たち〟ということは、一人じゃないのね。そうすると逃げ出せるチャンスは非常に少ない。

「さあ、おとなしく協力するんだ。でないと痛い目にあうぞ」

ギャビーは後ろのシートに押しつけられ、その上に男が押しかぶさってきた。

「やめて！」

ブラウスが勢いよく引き裂かれた。ギャビーは必死で抵抗したが、両手首をまとめて強い力で握られてしまった。ブラが荒々しく引き下ろされる。ギャビーは首をひねり、男の唇を逃れようとした。

男の力にはとうていかなわない。男の歯がギャビーの唇に当たり、ギャビーは低くうめくような声をあげた。

ギャビーが首をひねったとき、閃光《せんこう》が走り、男がギャビーの手を放した。ギャビーはすかさず男の頭から首にかけて爪を立てた。

「ちくしょう！」

男がギャビーの乳房を強くかんだ。

鋭い痛みが襲う。ギャビーは怒りのあまり、男の股間を勢いよく蹴《け》り上げた。男が苦しげなうめき声をあげる。

そのとき、反対側のドアが開き、別の二本の手が男を車から引きずり出した。

「もう引き上げようぜ。用はすませたんだ」

「生意気な女だ。痛い目にあわせてやる！」

「ちょっと痛めつけるだけにしろって言われてるんだぞ。忘れたのか」ドアが音をたてて閉じられた。

ギャビーはもう一方のドアを閉じてロックした。それから身をよじってコンソールボックスをまたぎ、運転席に体を滑らせた。キーはどこにあるの？　ああ、まだドアに差し込んだままだわ。

二人の男は急ぎ足で立ち去ろうとしている。一人の男の足取りは、もう一人の男ほど確かではない。二人がバンに乗り込むとエンジンをかける音が聞こえた。バンはスピードを上げて出口に走り去った。

バンが見えなくなるとすぐにギャビーはドアの窓を下ろし、差し込んだままのキーを引き抜いた。

引き裂かれたブラウスをなんとか取り繕う。震えが激しくて、二度目にやっとキーを差し込むことができた。エンジンをかけ、ベントレーを一階まで進めた。

ギャビーは外の通りを眺めた。車やバス、トラックがたくさん通っている。騒音と道行く人々に、ギャビーはほっとした。

安全が完璧に守られているボークルーズ通りにあるベネディクトの邸宅に戻ってきて、こんなにうれしかったのは初めてだった。

ギャビーは家に入るとまっすぐ二階のベッドルームに上がり、スカートや破れたブラウス、下着を脱いだ。そして、それらを全部まとめてごみ箱に入れた。二度と見たくない。

どれぐらい、シャワーを浴びていただろうか？

体のすみずみまで二度こすって洗い、髪を三度もシャンプーしたのは覚えている。そのあとは何もせずにお湯に打たれていた。

誰なの？　どうして？　あのときのシーンを思い出しながら、ギャビーは何度も繰り返し考えた。写真――脅迫かしら？　そんなのばかげてるわ。誰が私を脅そうというの？　何が欲しくて？

そのとき、男の言葉がよみがえり、ギャビーは静止した。

〝ちょっと痛めつけるだけにしろって言われてるんだぞ。忘れたのか〟

傷つけずに、怖がらせることだけが狙《ねら》いの人間って誰だろう？　明確なメッセージを伝えるためだから、危害は加えたくないということ？

ギャビーは頭の中をはっきりさせるかのように、首を振った。写真――特別な目的のために、あの写真は撮られたのだ。

アナリース。アナリースですら、そこまではしないだろう……。いえ、するかしら？

ギャビーはゆっくり腕を伸ばし、シャワーのお湯を止めた。ギャビーはその場に凍りついた。誰かがベッドルームにいる。

「ギャビー？」

ベネディクトだわ。

ギャビーは倒れそうになり、壁に手をついて体を支えた。そんなはずはない。明日にならなければ、帰ってこないはずだ。ベネディクトがバスルームに入ってくると、ギャビーはあわててタオルを取り、体に巻いた。

ギャビーはベネディクトを横目で見た。彼の笑顔が、ギャビーを見ているうちに陰りを帯びてくる。

「早かったのね」しっかりしなくちゃ。彼女は自分に言い聞かせた。

ギャビーの顔色は青白く、沈んだ色の瞳が見開かれていた。唇の小さな震えを抑えることができない。

ベネディクトは何も言わなかった。部屋の中が不気味に静まり返り、叫びだしたいくらいだ。

ベネディクトが口を開いたその瞬間、ギャビーは彼に沈黙を続けてほしかったと思った。彼の声は、ギャビーの血を凍らせてしまうほど冷たかった。

「何があったんだ？」いきなり核心をつかれる。言い逃れは許されない。

一目見ただけでわかってしまうなんて、そんなに動揺が顔に表れているのだろうか？　ギャビーはタオルを手でいじりながら、ベネディクトのネクタイに視線を向けた。「出張はどうだったの？」

「出張なんてどうだっていい。何があったのか説明してほしい」

ベネディクトの声がこわばっているのがわかる。何も言わずに逃げおおせる方法はなさそうだ。「仕事が長引いて、遅くまでオフィスにいたの」

ベネディクトの視線はギャビーに向けられたままだ。「どうして遅くまでオフィスにいたんだ。データを家に持って帰ればよかったのに」

確かにそうだ。なぜ居残ったりしたんだろう？

ギャビーはつばをのみ込んだ。ベネディクトの視線が、ギャビーの動きを見守っている。

「駐車場の警備員の目を盗んで侵入していた男がいたの」

「怪我《けが》をしたのかい？」ベネディクトの優しい声がギャビーの体に震えを走らせた。ベネディクトは彼女の細い体の隅々にまで視線を走らせた。

ギャビーは手を上げ、その手を下ろした。「ちょっとあざができただけ」そのあざは、すぐにベネディクトの目に触れることになるのだ。

「ギャビー」ベネディクトは手を伸ばし、手のひらで彼女の頬を撫でた。「はじめからゆっくり話してほしい。どんな小さいことも省かずに」

ベネディクトは明らかに怒っている。ギャビーは怯《おび》えた。自分にその怒りが向けられることが怖いのではない。彼の怒りが爆発したら、どうなってしまうかわからないことが怖いのだ。

「車のドアのロックを外したとき」ギャビーは落ち着いた声で話し始めた。「男に後ろから腕を取られて、後ろの座席に押し倒されたの」

「続けて」ベネディクトの声が鋭く響き、ギャビーは鞭《むち》に打たれたかのように体をすくめた。

「男も続いて乗り込んできたわ」

ベネディクトの顎が緊張する。「その男は君に触ったのか？」

手首を押さえつけられ、ブラウスを引き裂かれたときのことを思い出し、ギャビーは身震いした。

「あなたが思っているようには触らなかったわ」

ベネディクトの視線が鋭くなった。「警察を呼んだのか？」

ギャビーは首を横に振った。「何も盗《と》られなかったし、車も傷つけられなかったし、私も暴行を受けたわけじゃないから」

ベネディクトはギャビーの両肩に手を置き、腕に沿って滑らせた。「暴行といってもいろいろある」優しいタッチで腕を撫でていく。ギャビーは顔をしかめた。ベネディクトは彼女の片方の手首を、次にもう一方の手首を入念にチェックしたあとで、唇に運んだ。

ベネディクトの手がタオルに伸び、ギャビーははっとした。胸の上につけられた濃いピンクのあざは、すでに紫色を帯び始めている。

怒りをあらわにしたベネディクトの顔は黒ずみ、タオルを持った手は、骨が白く浮き出るほど力がこめられている。

「思い切りひっかいたら、男は逃げていったわ」ベネディクトの表情に浮かぶ本能的な残酷さを感じ取り、ギャビーは恐怖感を覚えた。この怒りを、なんとか抑制できるところまで和らげなくてはならない。

「私を傷つけることが目的じゃなかったの。カメラを持った仲間がいたから」

ベネディクトの黒い瞳が、野性的な光を放った。

そのとき電話のベルが鳴った。ギャビーはびくりと体を震わせ、鳴り続けるバスルームの受話器を見つめていた。

「ベッドルームのほうで僕が受話器を取ったら、電話に出るんだ」

ベネディクトの口調には、逆らえない響きがある。ギャビーは目を見開き、素早くベッドルームに歩き去る彼の後ろ姿を見ていた。ギャビーはベネディクトと同時に受話器を取り上げた。

「ギャビー・ニコルスです」

「ゲイブリエル」

喉を鳴らすような声に、ギャビーは受話器を握り締めた。

「アナリース」

「胸をあらわにしたあなたの写真が、私の手元にあるのよ」アナリースの残酷な笑みを浮かべた顔が見えるようだ。「明日、ベネディクトが帰ったらその一時間後に、彼に速配便で届けるわ。プロのエスコート役として、トニーがどんな仕事をしているか詳細に書いたファイルと一緒に」アナリースは間を置き、さらに続けた。「金額によって、ほかにどんな仕事をしているかそのリストも添えて」

ギャビーははき気をもよおすほど、アナリースに対して激しい憎しみを抱いた。

「言葉を忘れてしまったの、ダーリン？」

「呆《あき》れて口がきけないだけよ」

受話器の向こうで、小さな笑い声が響いた。「あなたが私の言葉をもっと真剣に考えていたら、こんなことまでする必要はなかったのよ」

ギャビーは受話器を握り締めた。「トニーに危険手当を請求されても驚かないでね。彼は股間の打撲傷とかなりひどい擦過傷を負ってるから」

「それだけの危険を冒した価値のある写真が撮れているわ。少しは賢くなって、荷造りでも始めたら」

アナリースは甘ったるい声で言った。

「ベネディクトは……」

「この写真を見たらショックを受けるでしょうね」

「そうだな」

一瞬、沈黙が訪れた。

「その写真とファイルは、君の手から直接僕に渡してもらおうか、アナリース」ベネディクトの滑らかな声を聞き、ギャビーの背筋に寒けが走った。「今から十分後に、写真とファイルを持って君の家の表の門で待っているんだ。そのあとで、モニークとジェイムズに、エージェントから緊急の呼び出しがあって、明日の飛行機で発《た》たなくてはならないと話をするんだ。飛行機のチケットは僕が手配する。愚かにもまたシドニーに足を踏み入れるようなことがあれば、暴行罪と強要罪で僕は君を告訴する。それから」ベネディクトは冷たい声で続けた。「悪名高いトニーに電話をして、彼を逃がしたりしないほうがいい。どこへ逃げても、僕は必ずつかまえる。僕の言葉に異議はないだろうね？」

ベネディクトは静かに受話器を置いた。ギャビーも感覚のなくなった手で受話器を戻した。

ベネディクトが歩み寄ってくる。ギャビーは言葉もなく、目を大きく見開いて彼を見ているだけだった。ベネディクトがギャビーの唇にキスした。

「すぐに戻る」

ベネディクトは素早く出ていった。しばらくして車のエンジンをかける音に続いて門に向かって進む音が聞こえ、そのあとは静寂が訪れた。

ギャビーはタオルを外し、アイボリーのサテンのパジャマを身につけた。それから大きなベッドのカバーを折り返し、ドレッサーの前のスツールに腰を下ろしてブラシを取り上げた。

ベネディクトがベッドルームに戻ってきたのは、二十五分後だった。歩み寄ってくる彼を見て、ギャビーは手を止めた。

ギャビーの手からベネディクトがブラシを取り上げる。ギャビーの唇は震えていた。

「写真は？」自分の声とは信じられないほど、かすれた声が聞こえる。

「破いてしまった」ベネディクトが静かに答えた。

「見たの？」ギャビーは尋ねずにはいられなかった。

ベネディクトは彼女の肩に手を置いた。「ああ」

ギャビーの目から涙がこぼれ落ちた。「きっと、ひどい……」

「もういいんだ」

片方の頬がひきつっている。「あの写真を見て、あなたは信じた？」

「信じていないよ」ベネディクトは指先で頬に触れ、唇の端までなぞった。「あれは君を脅迫するために撮られた写真だ」彼の指先が、ギャビーの下唇の線をなぞっている。「何が目的だったんだ？」

「私を、あなたの人生から追い出すこと」

ベネディクトの手がギャビーの喉元に触れていた。

「僕がそんなことをさせると思っていたのかい？」

「アナリースは自信を持っていたわ」

ベネディクトの指が、ギャビーのパジャマのボタンを外していく。そして外し終わると、そっとパジャマを肩から滑らせた。

両方の胸のふくらみに残ったピンクのあざを見て、ベネディクトの瞳が陰った。

「悪名高いトニーとやらが、高額の報酬をもらっているといいが。腕のいい医者にかかると、治療費が高いからね」

何か言おうとギャビーが開いた口を、ベネディクトの唇が覆った。

ギャビーはベネディクトの力強さに体を震わせた。あっという間にギャビーに自信を与えてくれる。

「予定より早く帰ってきたのね」ギャビーが小声で言った。「どうしてなの？」

ベネディクトの唇に笑みが浮かぶ。「あと一晩、君から離れていることができなかったのさ」

思いがけず涙があふれ、ギャビーの両頬を流れ落ちた。優しい手がギャビーの顎を軽く支え、両頬の涙のあとを、唇がなぞっていく。それから順番に両方のまぶたにも唇がそっと当てられた。

「泣かないで」ベネディクトが言った。

愛していると言いたい。唇の端を言葉がさまよっているのに、声にならない。

「明日の朝、ハワイに発とう」

「でも、仕事は……」

「僕たちがいなくても、やっていけるさ」ベネディクトはギャビーを抱き上げた。

「でも、ギブソンの件は……」

「ジェイムズがやってくれる」

「ベネディクト……」

「口を閉じて」ベネディクトはギャビーを抱いたまま、ベッドに腰を下ろした。

こめかみのあたりをさまよっていたベネディクトの唇が、耳の下に移動していく。ギャビーの心臓の鼓動が速くなった。

ギャビーは安心していた。守られていると感じた。今はこれで十分だ。

ギャビーがネクタイをほどき、ベネディクトのシャツのボタンを外し始めた。「あなたの肌に、直接触れていたいの」

ベネディクトはギャビーをそっとベッドに寝かせ、立ち上がった。急がずに、一枚ずつゆっくり服を脱いでいく。その一つ一つの動作を、彼女は見守った。

それからベネディクトはベッドに横になり、ギャビーを引き寄せた。片肘をつき、柔らかい唇、まばたきもせずにベネディクトを見つめているブルーの瞳をのぞき込んだ。

「話したい？」

ギャビーはしばらく考えたあと、ゆっくり首を横に振った。明日にしよう。今日はベネディクトの体に包まれていたい。

ギャビーはためらいがちに、ベネディクトの頬に手を触れた。彼がその手をとらえ、口に運ぶ。

心をこめて、指の一つ一つにキスし、それから手首に唇を移動させる。ベネディクトはギャビーの手を放し、胸のふくらみにできたあざの上に、唇をそっと押し当てた。

「ベネディクト」

彼は顔を上げ、問いかけるような視線を投げかけた。

「あなたが欲しいわ」すぐそばにある黒い瞳に、欲望の炎が燃え上がる。

ギャビーはベネディクトの首に腕を回し、震える唇で彼を迎えた。優しいキスが次第に激しくなってくる。

ベネディクトはむさぼるようにギャビーの唇を求めたが、トニーの歯が押しつけられたためにできた傷に触れると一瞬体を硬くした。低くうなるような声がもれる。ベネディクトの怒りを静めてあげたいとギャビーは思った。

ベネディクトはギャビーをいたわるように、ゆっくり愛した。ギャビーはベネディクトの胸に頬を寄せ、彼の腕の中で眠りに落ちていった。

11

濃いブルーの海、白い砂、それに海岸に建ち並ぶ高層のホテルやアパート。ワイキキ・ビーチはすばらしい眺めだ。

オーストラリアにもワイキキに匹敵するビーチが存在するし、クイーンズランド州のゴールド・コーストをホノルルと比較する人も多い。

気候や、デザイナーブランドの店が多くあるところは似ている。けれどもギャビーは世界中の観光客がやってくるハワイのにぎやかさ、現地の人たちの人なつっこさが気に入っている。

ベネディクトは、建物の壁の色にちなんで〝ピンク・パレス〟と呼ばれているロイヤル・ハワイアンを選んだ。ロイヤル・ハワイアンは古き良き時代の豪華さと優雅さをそのまま残し、海岸に建ち並ぶ現代的なホテルとユニークな対照をなしている。ロビーの天井にはクリスタルのシャンデリアがつるされ、床には贅《ぜい》をつくしたローズピンク色の東洋風のカーペットが敷かれている。

優雅という言葉が頭に浮かぶ。ギャビーは椅子に体を沈め、ウエイターにピーニャ・コラーダをオーダーした。

五日間ののんびりしたおかげで、ギャビーは心の平安を取り戻していた。ゆっくりと海のほうに目をやる。急激に日焼けしないように気をつけているので肌が蜂蜜《はちみつ》色に輝いている。

「僕にも分けてくれないか?」

ギャビーはサングラスを額の上に押し上げ、ベネディクトのほうを向いた。

「ピーニャ・コラーダを?」いたずらっぽい笑みを

浮かべる。

「この五分間、君は何か考え込んでいた」

ギャビーはモデルのような体型をした細身の女性のほうに目をやった。その女性はビキニの下しか身につけていない。日焼けした引き締まった体にオイルを塗り、日光浴を楽しんでいる。

「景色を眺めていたのよ」ギャビーは答えた。「それに、今晩はどこにディナーを食べに連れていってくれるかしらって考えてたの」

「おなかがすいてるのかい？」

私が欲しいのはあなただけ。こんなに一人の男性と一緒にいたいと思うのは罪だろうか？　一緒に笑い、楽しみ、愛し合い、ベネディクトは空気のようになくてはならない存在になってしまった。

「ええ」ギャビーはいたずらっぽい笑みを浮かべた。

「さわやかな海の空気と太陽のせいだと思うわ」

ベネディクトの唇の端に笑みが浮かんだ。「君が選んで」

「エキゾチックなところがいいわ」

「エキゾチックってどういうふうに？」

「柔らかな照明、静かな音楽、盛りつけのすばらしいお料理、それから……」ギャビーの瞳が輝いた。

「映画会社の重役にスカウトされるのを待っているような、黒いスーツに身を包んだウエイター」

ベネディクトは少し目を細めただけで、表情を変えずに言った。「心当たりのレストランがあるようだね？」

小さい笑い声がもれる。「そうなの。あのウエイターがまだいるかどうか調べてみるのもおもしろいわ。彼には本当にそんな雰囲気があったの」ギャビーは瞳を輝かせた。「まさに女性が憧《あこが》れるタイプの男性だったわ」

「彼も君に気があったのかい？」

「彼より、あそこにいるビキニの黒髪の女性のほうが、あなたに気があるみたいよ」ビキニの女性が、ベネディクトを意識して自分の体を誇示しているのを、ギャビーは見逃さなかった。

ベネディクトは問題のビキニの女性に視線をやりすぐにギャビーのほうに戻した。

「眺めているぶんには楽しいね」

「言いたいことはそれだけ？」

ベネディクトの黒い瞳に表情はなかった。「彼女は君じゃないから」

からかおうとしてギャビーは口を開いたが、言葉が出てこなかった。「言うのは簡単ね」長い沈黙のあとで、ギャビーが口を開いた。

「行動のほうが言葉より訴える力がある」ベネディクトがそう言うと、彼を見ていたギャビーの視線に急に力が感じられた。

「私は両方欲しいわ」

ベネディクトは上体を寄せ、ギャビーの顔をのぞき込んだ。「愛を言葉で証明するのかい？」

ギャビーは何げないふりを装おうとしたが、できなかった。「あなたが本当に愛しているなら」そして白とピンクのストライプの日よけの向こうに広がる水平線に目をやった。

この瞬間を何年も待っていたような気がする。けれども、いざそのときがきてみると、まだ心の準備ができていないのではないかと不安だ。ギャビーは息を止めていた。まわりのおしゃべりも静かな音楽も耳に入らない。

「僕を見て」

穏やかな彼の言葉に、ギャビーは従った。

照明の明かりと薄らいできた太陽の光が、ベネディクトの彫りの深い顔を強調し、瞳と髪の色をさらに黒く見せている。

「愛してるかって、ギャビー？」ベネディクトの顔にゆっくり笑みが浮かんだ。ちらりと見えた欲望の片鱗《へんりん》を、ギャビーは見逃さなかった。「君がそばにいなかったら、僕は一日も生きていたくない。君は僕の太陽なんだ」ベネディクトはギャビーの手を口に運び、手のひらに唇を押しつけた。「僕のぬくもり、愛。君は僕のすべてだ」

ギャビーの体に熱い炎が広がっていった。体中の神経が、ベネディクトの愛撫《あいぶ》を待って疼《うず》いている。

長いあいだ胸の奥にしまっていた言葉が、なかなか出てこない。ギャビーはつばをのみ込んだ。ベネディクトの視線が、彼女の動きを追っている。

ベネディクトの唇の端に笑みが浮かんだ。「言葉で愛情を表現するのは難しい」

ギャビーはベネディクトを見つめた。彼が脆《もろ》さを見せるとは思ってもいなかった。けれども、それが瞳の中に感じられる。不安そうに待っているベネディクトの、魂の中をかいま見たような気がする。

たぶん、そんなことが許されたのは、自分一人ではないかとギャビーは思った。

「あなたが初めて会議室に入ってきたとき」ギャビーは静かに話し始めた。「どんな言葉でも言いつくせないほど魅力的だったわ」いたずらっぽい笑みが浮かぶ。「衝撃的だった。自分が何をしゃべったかは覚えてないけど、あなたの言葉、動作、笑顔のすべてが、私の心に刻み込まれてしまったの」ギャビーはベネディクトの顎に手を触れた。「父があなたをディナーに招待したとき、父が何を企《たくら》んでいるかわかってたわ。当然、いやがるべきだったのに、私はまったく気にならなかったの」

ベネディクトは、表情豊かなギャビーの目を見つめていた。ギャビーは素直に気持を打ち明けている。彼に対する秘密は何もなかった。

「あなたに恋してしまったの。コンラッド・ニコルスの一人息子で後継者だからじゃないわ。あなた自身を好きになっていなかったら、結婚には絶対に同意していないわ」

「だが君は、父の息子であり後継者である僕と結婚したようなふりをしていた」ベネディクトに追及されても、ギャビーの視線は揺るがなかった。

「結婚式のあとで、モニークが祝福してくれたの」ギャビーは痛みをこらえて絞り出すように話した。「大富豪のご主人を勝ち取っておめでとうって。あなたとの結婚を、誰かと競っていたなんて知らなかった。アナリースが競争相手だったなんて」

ベネディクトの瞳に怒りが燃え上がった。「君はモニークの言葉を信じたのかい？」

「情況は彼女の言うとおりだったわ。それにモニークは父の奥さんよ。父の幸せを壊すようなことは何も言うつもりはないし、するつもりもないわ」

「僕はそんな気持にはなれない」

「私は寛大になれるわ」ギャビーの言葉は真実だった。

あたりは薄暗くなっていった。外のテラスのテーブルに置かれたキャンドルには火がつけられ、電気ランプが温かく客を迎えている。

ギャビーの唇に、かすかに笑みが浮かんだ。「いつになったら食事をさせてくれるの？」

ベネディクトの表情が和らいだ。「ルームサービスならいつだって頼めるさ」

ギャビーの笑みが顔中に広がった。「シェラトン・ワイキキにあるレストランの食事はすばらしいわ」ホテルの最上階にあるレストランは、すべての窓から壮大な景色が眺められる。ギャビーはいたずらっぽい目でベネディクトを見た。「ダンスをして、コーヒーを飲みながらおしゃべりできるわ」

「君がそれで満足なら」

ギャビーは幸せそうに笑った。瞳がさらに輝きを増している。「二、三時間はそれで満足よ」

「そのあとは？」

「夜が待ってるわ」

ベネディクトは喉の奥で笑った。

身を乗り出し、ベネディクトにキスしたい衝動を抑える。「楽しみにしてて」

先に立ち上がったベネディクトは、ギャビーの手を引っ張って立たせた。二人は手をつないだままロイヤル・ハワイアンの玄関を出て、シェラトン・ワイキキに続く道を歩いていった。

わりと早い時間だったので、まだいくつかテーブルがあいていた。ギャビーは窓際のテーブルを選び、ベネディクトがシャンパンを注文した。

料理は独創的な盛りつけで、どの料理にもシェフのすばらしい腕が証明されている。

「夢のよう」ギャビーは明かりのついた高層ビルを眺めながら言った。ダイヤモンド・ヘッドに向かって弧を描いている海岸線沿いに多くのビルが建ち並んでいる。

「そうだね」

だが、ベネディクトは景色は見ていなかった。ギャビーの頬がかすかに赤らんでいるのは、ベネディクトがそこから視線を外さないからだ。

「踊りましょうか？」

ダンスフロアに出ると、ベネディクトはギャビーを抱き寄せた。ギャビーは無意識に彼の首に腕を回していた。

ゆっくりとしたテンポのロマンチックな音楽が流れ、照明も控えてある。ギャビーはベネディクトに体を預け、二人は一つになってフロアを回った。ギャビーの体の奥が疼き始め、体が温かくなっている。

血が体中をかけめぐっているのがわかるような気がした。心臓が忙しく血液を送り出している。体の奥にともった小さな炎が、すべての神経をなめるように広がっていく。ベネディクトに触れているだけでは満足できない。もっと深い喜びが欲しい。けれども、ホテルの部屋に戻るのをわざと遅らせることに、ある種の喜びを覚えた。感覚は鋭くなり欲望は深まり、ゆっくりと気持が高まってくる。

ベネディクトが耳元でささやいた。「ここを出よう」

ギャビーは顔を上げ、ベネディクトに軽くキスした。「もうすぐよ」

テーブルに戻るとすぐ、ウエイターが歩み寄った。

「コーヒーかリキュールはいかがですか?」

ベネディクトはギャビーに返事をゆだねた。ギャビーは食事の締めくくりとして、リキュール入りのコーヒーを頼んだ。

二人がホテルの部屋に戻ったのは、夜も遅くなってからだった。ギャビーはハイヒールのサンダルを脱ぎ、髪をとめていたピンを外した。

ベネディクトが彼女の肩をつかんで抱き寄せ、唇を奪った。

体がほてり、全身の神経が息づいている。ベネディクトの唇がギャビーの首を伝って下降し、ドレスの端まで進む。ギャビーは小さくうめくような声をあげた。

二人はゆっくりと、一枚ずつ服を脱いでいった。ベネディクトが胸のつぼみを交互に口に含み、そして彼の唇はさらに下降を続け、彼女の体の最も敏感な部分を征服した。

最初の波に乗り、そして次に訪れた波にさらわれ、ギャビーは高く、高く上りつめて頂点に達した。

体全体が激しい喜びに震える。そのあとは静かに横たわったまま、ベネディクトの愛撫を楽しんだ。

ギャビーはしなやかな動作で体を起こし、ベネディクトの唇に自分の唇を重ねた。長く、刺激的なキス。今度はベネディクトの番だ。ゆっくりと時間をかけ、彼の息づかい、筋肉の動き、うめくような声を楽しみながら、ギャビーはベネディクトをじらしていった。

ベネディクトは驚くほど強い自制心の持ち主だが、今、すべてはギャビーのコントロール下にあった。ベネディクトを間際まで追いつめ、いつ彼に組み敷かれるか待っていることに、危険な快感を覚える。

ベネディクトの動きは素早かった。ギャビーは何度も体を弓なりにそらし、彼を深く迎え入れた。

ベネディクトはギャビーを抱いたまま、仰向けになった。ギャビーを抱き寄せ、こめかみに唇をはわせながら、ゆっくりと背中を撫《な》でる。

「愛してるわ」ギャビーは満足と安らぎを覚えていた。体を交わらせたあとの苦しみも、それ以上の精神的なものを求める気持も今はない。

ベネディクトはギャビーの顎を軽く上げ、静かにキスした。

しばらくして、ギャビーはベネディクトの胸に顔を預けた。

「そうしてると楽なのかい？」

「そうね」ギャビーは眠そうな声で答えた。「頭を動かしてほしい？」

ベネディクトは静かに彼女の髪を撫でた。「いや」

ギャビーは笑みを浮かべ、ベネディクトの喉元に唇を押し当てた。まるで天国にいるようだ。

「赤ん坊についてどう思う？」

「一般的な意味で？」

「私たちの赤ん坊よ」

ベネディクトの手の動きが止まった。「何か僕に言おうとしてるのかい？」

ギャビーはベネディクトの鎖骨のあたりに唇を触れさせている。「二人で決めるべきことだと思わない？」

「ギャビー」小さくうめくような声を聞いて、ギャビーはほほ笑んだ。

「それはイエスなの？　ノーなの？」

「もちろんイエスだ。君が妊娠すると考えただけで……」

ギャビーはかすれた声で笑った。「まあ」ベネディクトの体が再び高まっている。「なんてはっきりしてるんでしょう」

ベネディクトはまるでギャビーの唇を味わいつくそうとするかのようにキスした。ギャビーはため息をつきながら、彼の顎に小さいキスを続けた。

「スタントン・ニコルスの仕事は続けたいわ。妊娠中とその直後は、家の中にオフィスを置いて……」

ギャビーは遠くを見るような目で続けた。「子供たちが学校に行くようになったら、仕事に復帰するの。パートタイムで」自分が家にいたいのはわかっている。学校から帰ってくる子供たちを家で迎えたいし、学校以外の活動に一緒に参加したい。

ギャビーは黒髪の男の子と、金髪の女の子の姿を思い描いた。野球、水泳、バレー、音楽、体操。宿題を教えて、公園を散歩する。ビーチにピクニックに行くのもいい。笑いの絶えない家庭。そしてベネディクトは、いつも私のそばにいるのだ。

「愛してるわ」ギャビーは静かに繰り返した。

ベネディクトはギャビーに強くキスし、ゆっくりと二人の位置を逆にした。「君は僕の命だ」そう短く言うと、再びキスした。

ベネディクトの体が動き始める。ギャビーは幸せのため息をもらし、彼の首に腕を回した。

魔法のようだわ。ギャビーはベネディクトに寄り添いながら、そう思った。本当に魔法のようだ。二人の体と魂が一つになり、お互いに喜びを求め合う。そしてそこには愛がある。絶えることのない愛が。

ハーレクイン®

ハーレクイン・ロマンス　1998年6月刊（R-1395）

愛に怯えて

2024年12月20日発行

著　　者	ヘレン・ビアンチン
訳　　者	高杉啓子（たかすぎ　けいこ）
発 行 人	鈴木幸辰
発 行 所	株式会社ハーパーコリンズ・ジャパン 東京都千代田区大手町 1-5-1 電話 04-2951-2000（注文） 0570-008091（読者サービス係）
印刷・製本	大日本印刷株式会社 東京都新宿区市谷加賀町 1-1-1
装 丁 者	小倉彩子
表紙写真	© Konstantin Koekin, Tomert, Zoom-zoom, Darryl Brooks ｜ Dreamstime.com

ISBN978-4-596-71775-7 C0297

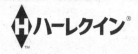

◆◆◆ハーレクイン・シリーズ 12月20日刊 発売中

ハーレクイン・ロマンス
愛の激しさを知る

極上上司と秘密の恋人契約	キャシー・ウィリアムズ／飯塚あい 訳	R-3929
富豪の無慈悲な結婚条件 《純潔のシンデレラ》	マヤ・ブレイク／森　未朝 訳	R-3930
雨に濡れた天使 《伝説の名作選》	ジュリア・ジェイムズ／茅野久枝 訳	R-3931
アラビアンナイトの誘惑 《伝説の名作選》	アニー・ウエスト／槙　由子 訳	R-3932

ハーレクイン・イマージュ
ピュアな思いに満たされる

クリスマスの最後の願いごと	ティナ・ベケット／神鳥奈穂子 訳	I-2831
王子と孤独なシンデレラ 《至福の名作選》	クリスティン・リマー／宮崎亜美 訳	I-2832

ハーレクイン・マスターピース
世界に愛された作家たち
～永久不滅の銘作コレクション～

冬は恋の使者 《ベティ・ニールズ・コレクション》	ベティ・ニールズ／麦田あかり 訳	MP-108

ハーレクイン・プレゼンツ作家シリーズ別冊
魅惑のテーマが光る
極上セレクション

愛に怯えて	ヘレン・ビアンチン／高杉啓子 訳	PB-399

ハーレクイン・スペシャル・アンソロジー
小さな愛のドラマを花束にして…

雪の花のシンデレラ 《スター作家傑作選》	ノーラ・ロバーツ 他／中川礼子 他 訳	HPA-65

文庫サイズ作品のご案内

◆ハーレクイン文庫・・・・・・・・・・・・・・毎月1日刊行
◆ハーレクインSP文庫・・・・・・・・・・・毎月15日刊行
◆mirabooks・・・・・・・・・・・・・・・・毎月15日刊行

※文庫コーナーでお求めください。

12月26日発売　ハーレクイン・シリーズ 1月5日刊

ハーレクイン・ロマンス　愛の激しさを知る

秘書から完璧上司への贈り物《純潔のシンデレラ》	ミリー・アダムズ／雪美月志音 訳	R-3933
ダイヤモンドの一夜の愛し子〈エーゲ海の富豪兄弟Ⅰ〉	リン・グレアム／岬　一花 訳	R-3934
青ざめた蘭《伝説の名作選》	アン・メイザー／山本みと 訳	R-3935
魅入られた美女《伝説の名作選》	サラ・モーガン／みゆき寿々 訳	R-3936

ハーレクイン・イマージュ　ピュアな思いに満たされる

小さな天使の父の記憶を	アンドレア・ローレンス／泉　智子 訳	I-2833
瞳の中の楽園《至福の名作選》	レベッカ・ウインターズ／片山真紀 訳	I-2834

ハーレクイン・マスターピース　世界に愛された作家たち ～永久不滅の銘作コレクション～

新コレクション、開幕！

ウェイド一族《キャロル・モーティマー・コレクション》	キャロル・モーティマー／鈴木のえ 訳	MP-109

ハーレクイン・ヒストリカル・スペシャル　華やかなりし時代へ誘う

公爵に恋した空色のシンデレラ	ブロンウィン・スコット／琴葉かいら 訳	PHS-342
放蕩富豪と醜いあひるの子	ヘレン・ディクソン／飯原裕美 訳	PHS-343

ハーレクイン・プレゼンツ作家シリーズ別冊　魅惑のテーマが光る極上セレクション

イタリア富豪の不幸な妻	アビー・グリーン／藤村華奈美 訳	PB-400

※予告なく発売日・刊行タイトルが変更になる場合がございます。ご了承ください。